ENCRUZYLHADAS

Geraldo Rocha

ENCRUZYLHADAS

SÃO PAULO, 2024

Encruzylhadas
Copyright © 2023 by Geraldo Rocha
Copyright © 2024 by Novo Século Ltda.

Editor: Luiz Vasconcelos
Coordenação editorial: Driciele Souza
Revisão: Bruna Tinti
Composição de capa: Ian Laurindo
Diagramação: Manoela Dourado

Texto de acordo com as normas do Novo Acordo Ortográfico da Língua Portuguesa (1990), em vigor desde 1º de janeiro de 2009.

Dados Internacionais de Catalogação na Publicação (CIP)
Angélica Ilacqua CRB-8/7057

Rocha, Geraldo
    Encruzylhadas / Geraldo Rocha. - Barueri, SP : Novo Século Editora, 2024.
    264 p.

ISBN 978-65-5561-795-5

1. Ficção brasileira I. Título

24-2602   CDD B869.3

Índices para catálogo sistemático:
    1. Ficção brasileira

Alameda Araguaia, 2190 — Bloco A — 11º andar — Conjunto 1111
CEP 06455-000 — Alphaville Industrial, Barueri — SP — Brasil
Tel.: (11) 3699-7107 | E-mail: atendimento@gruponovoseculo.com.br
www.gruponovoseculo.com.br

*Agradeço minha esposa, Carmem, inspiração
de uma vida inteira.
Aos meus filhos (as), Douglas, Fabrini, Jessica;
aos netos, Kauan e Théo, que moldaram minha
trajetória nesta vida.
Aos meus maravilhosos amigos que sempre
acreditaram em mim.
A Deus, pelo infinito milagre da vida.*

APRESENTAÇÃO

ENCRUZYLHADAS, de Geraldo Rocha
Por Bernardo Carvalho

O autor moçambicano Mia Couto nos diz que "um livro não se apresenta, tal como se apresenta uma pessoa". Concordando com ele, acredito que o que podemos fazer é compartilhar o que aconteceu conosco por ocasião da leitura de determinada obra de ficção. No caso do livro *Encruzylhadas*, do autor e meu amigo Geraldo Rocha, o que acontece é uma identificação de momentos da nossa própria vida com episódios da vida do protagonista, uma vez que a vida nos apresenta situações em que devemos optar por caminhos mutuamente excludentes (e vem daí a noção de encruzilhada, pois é quando duas ou mais vias, ruas, estradas ou caminhos se cruzam, gerando opções de continuidade ou mudança de rumo).

O conceito da escolha é alcançado pela Filosofia, que define o termo como o "procedimento pelo qual determinada possibilidade é assumida, adotada, decidida ou realizada de um modo qualquer, de preferência a outras."

O texto ainda inter-relaciona o conceito de escolha aos conceitos de possibilidade e liberdade: o primeiro nos apresenta a ideia de que ao fazermos uma escolha não estamos a priori escolhendo a certeza de um resultado, mas de certa forma apostando nesse resultado, torcendo por ele. Ocorre que estamos, ao mesmo tempo, nos expondo a um outro resultado, justamente aquele que não é desejado por nós. A ideia de liberdade, por sua vez, nos mostra que cada um de nós, ao sopesar cada opção apresentada, seria livre para selecionar qualquer uma delas, seguindo apenas os seus próprios critérios. Será?

O filósofo Platão citava constantemente o conceito de escolha em suas obras, ao usar um mito, o de Er, no qual o peso das escolhas de cada alma será medido após a morte e as almas injustas deverão pagar a pena do que houverem feito em vida. Isso ocorreria para que a alma fosse purificada. Na sua obra *República*, lê-se: "Não havia nada de necessariamente preestabelecido para a alma porque cada uma devia mudar segundo a escolha que fizesse".

Mas foi Aristóteles que investigou mais a fundo o conceito de escolha, distinguindo-o do desejo, que é comum também a seres irracionais, ao passo que a escolha não é; da vontade, porque também se podem querer coisas impossíveis, como a imortalidade; e a da opinião, que também pode referir-se às coisas impossíveis, que não dependem de nós... A partir daí, a noção da escolha foi utilizada pelos filósofos, mas a abordagem que mais me chama a atenção é aquela perseguida pela filosofia da existência, que discute "a escolha da escolha", ou, para simplificar: a escolha importante não é entre o bem e o mal, mas escolher entre escolher e não escolher. Em algumas abordagens filosóficas, a escolha da escolha seria a escolha do que já é, eliminando a possibilidade de ser apontada por Aristóteles. Para complicar um pouco mais, lembremos de Sartre, que via um ato de escolha em todo ato de consciência. Mas, para simplificar, e me fixando apenas na "escolha possível", registro que devemos analisar a escolha, em primeiro lugar, quanto ao contexto, ou seja, o campo das possibilidades: "Por exemplo, para o homem que sofreu uma afronta, as opções de vingança pela violência são diferentes das que lhe são oferecidas pelo sistema jurídico em que vive".

O autor parece pretender, de forma deliberada ou não, justamente colocar essa questão da escolha para pensarmos, na medida em que o protagonista da história, Josias, é continuadamente exposto a situações em que é obrigado a escolher, ao longo de sua trajetória, rumos sempre conflitantes entre si. E, embora a possibilidade mais óbvia, a maior probabilidade de uma determinada opção, fosse a de um resultado ruim para Josias, exatamente esse caminho é que era o seguido pelo protagonista, como se para ele, a liberdade de escolha não lhe fosse dada, ou não preexistisse. Que escolhas teria Josias feito no passado, ou em que contexto sua vida estaria inserida (ou submetida), que não lhe desse efetivamente a liberdade de fazer escolhas?

A vida de Josias, como cada leitor deverá perceber, é permeada de situações comuns a maioria da população brasileira, ou mesmo de boa parte da população mundial, se considerarmos os índices alarmantes de desigualdade social, crescentes até nos países tidos como desenvolvidos. As deficiências na educação e a escassez de oportunidades de trabalho são faces de uma mesma moeda, comum em uma sociedade capitalista onde a meritocracia é festejada, mas é uma corrida em que as condições dos corredores não são as mesmas. Como em um labirinto onde as portas para acessar as melhores chances estão lacradas, o caminho a seguir parece ser previamente ordenado considerando um só destino.

Josias é integrante de uma família cuja imagem e história serão conhecidas pela maioria dos leitores que terão vivenciado, por si ou por alguns familiares, a mesma sensação de desesperança ou de falta de opções na vida. A necessidade de emigrar, deixando sua terra natal em busca de um possível leque maior de oportunidades, a obrigatoriedade de sempre habitar nas franjas das cidades, a sujeição a empregos de menor qualificação e consequente remuneração, reduzida restrição na mobilidade, parecem afunilar, ou melhor, direcionar as ações de Josias, ou, no mínimo, restringi-las. Não ter opções é ser tolhido da capacidade de fazer escolhas? *Encruzylhadas* nos apresenta essa questão, presente nos pensamentos de Josias, ao ser levado a trilhar caminhos que não foram procurados por ele, não foram desejados por ele. O livro tem a força de nos trazer essa questão como a face mais importante de sua trama. Embora Josias seja um personagem crível, uma vez que podemos cruzar com centenas de Josias todos os dias, o personagem em si me parece menos importante que essa questão da liberdade (ou não) de escolhas.

Como pano de fundo da história de Josias e de sua família, o livro traz eventos e lugares históricos, conectando a situação do momento ao que aconteceu antes e posicionando os acontecimentos espacialmente, dando mais coesão e verossimilhança à narrativa. Esse entrelaçado no tempo e no espaço conduz o leitor a se reconhecer na história, demonstrando a habilidade do autor em tornar a história de Josias próxima à nossa própria história.

Brasília, 23 de abril de 2024

Os **obstáculos** forjam a trajetória.
O **sacrifício** amadurece a alma.
A **esperança** nos leva adiante.
O **amor** acalma o coração.
A **fé** não deixa esmorecer.

SUMÁRIO

15	**PRÓLOGO**
20	**CAPÍTULO I** *No tempo presente...*
34	**CAPÍTULO II** *Reminiscências*
40	**CAPÍTULO III** *Memórias da infância...*
50	**CAPÍTULO IV** *Lembranças da adolescência...*
60	**CAPÍTULO V** *No tempo presente...*
68	**CAPÍTULO VI** *Memórias da juventude...*
78	**CAPÍTULO VII** *Ainda na juventude...*
88	**CAPÍTULO VIII** *Outras lembranças do passado...*
96	**CAPÍTULO IX** *Doze anos antes...*
106	**CAPÍTULO X** *Dez anos antes...*

112	**CAPÍTULO XI** *Oito anos antes...*	194	**CAPÍTULO XXII** *No tempo presente...*
118	**CAPÍTULO XII** *Seis anos antes...*	200	**CAPÍTULO XXIII** *No passado recente...*
126	**CAPÍTULO XIII** *Cinco anos antes...*	208	**CAPÍTULO XXIV** *No passado recente...*
134	**CAPÍTULO XIV** *Quatro anos antes...*	214	**CAPÍTULO XXV** *No tempo presente...*
142	**CAPÍTULO XV** *Três anos antes...*	220	**CAPÍTULO XXVI** *No passado recente...*
152	**CAPÍTULO XVI** *No passado recente...*	226	**CAPÍTULO XXVII** *Dois anos antes...*
160	**CAPÍTULO XVII** *No passado recente...*	232	**CAPÍTULO XXVIII** *Dois anos antes...*
166	**CAPÍTULO XVIII** *No passado recente...*	240	**CAPÍTULO XXIX** *Entre o passado e o presente...*
172	**CAPÍTULO XIX** *No tempo presente...*	248	**CAPÍTULO XXX** *No tempo presente...*
180	**CAPÍTULO XX** *No passado recente...*	254	**CAPÍTULO XXXI** *No tempo presente...*
186	**CAPÍTULO XXI** *No tempo presente...*	261	**EPÍLOGO**

PRÓLOGO

As luzes excessivamente fortes ofuscavam minha visão. Aquela sensação de intolerância à claridade, como quando você acorda de manhã e o Sol está penetrando com seus raios multicoloridos pela janela entreaberta, era o que eu estava sentindo.

Me veio à lembrança as histórias contadas nos tempos de criança, nas quais naves espaciais apareciam do nada, com raios intensos e luminosos, abduziam pessoas e depois desapareciam. Poderiam essas fantasias estarem se materializando ou aquilo era uma fugaz recordação de minha infância? Esfreguei os olhos tentando enxergar, mas o clarão apontava diretamente sobre mim.

Pisquei diversas vezes, fechando e abrindo as pálpebras, mas o efeito era o mesmo: muita luz, vultos difusos, vozes entrecortadas, balbúrdia total.

Devagar, a imagens foram se materializando, então percebi que ao menos três carros haviam parado em sentido transversal à rua, quase em cima da calçada, e seus faróis ligados direcionavam os fachos de luzes na parede onde eu recostava minha cabeça.

Essa era a razão do intenso resplendor que cegava meus olhos.

Com as pernas estendidas, os braços pendentes ao longo do corpo e a respiração arfante, eu tinha dificuldades para mover o esqueleto. Uma dor lancinante tomava conta do meu corpo, e era tão forte que tive a impressão de ter sido atropelado por um caminhão. Não que eu já tivesse sido atropelado por um, mas imaginava o estrago que seria, se acaso fosse.

O dedão da mão direita dilacerado, com a unha esmagada, já estava ficando roxeado e com aspecto bem preocupante. Meu joelho inchado se projetava pelo buraco aberto na calça, rasgada até a metade da canela. De um corte profundo na testa escorria um filete quente e viscoso que empapava a sobrancelha e chegava até à boca. O gosto metálico do sangue se misturava com a pouca saliva que ainda restava.

Eu me sentia um farrapo humano.

Tinha vontade de desfalecer e não acordar mais. Por alguns segundos fechei os olhos, fiquei com vontade de permanecer assim para sempre, torcendo para que fosse um pesadelo e, quando eu menos percebesse, tudo voltaria ao normal. Ou será que a dor e o sofrimento que eu sentia serviam apenas para me levar a um estágio superior, naquele ponto onde chegamos bem perto da morte?

Era preciso enfrentar a realidade, e esta não se apresentava tão animadora.

Havia muitos carros estacionados nos dois lados da rua, pessoas correndo e falando ao mesmo tempo. Um alvoroço sem tamanho.

Eu entendia poucas palavras do que diziam.

Consegui identificar a unidade de resgate dos bombeiros, com aquele vermelho forte e listras amarelas, de onde dois homens com capacetes reluzentes retiravam uma maca. Ao lado do veículo do resgate havia uma ambulância, com uma mulher e um homem vestidos de branco.

Deviam ser enfermeiros.

Eles conversavam com os bombeiros e, pela expressão de seus rostos, estavam em dúvida sobre qual atitude tomar naquele momento. Duas viaturas policiais com o giroflex ligado completavam o entorno fantasmagórico daquele local.

Sempre a polícia!

Durante toda a minha vida, em algum momento, a polícia havia cruzado o meu caminho. E, desses episódios com os agentes da lei, eu não guardava boas recordações. Eram péssimas as lembranças. Mas agora não era o momento de lembrar dessas coisas.

Naquele instante eu estava bem confuso, como se minha mente flutuasse no vazio. Havia um corpo caído ao meu lado. Sangue escorrendo pela calçada e muita gente em volta. Continuavam falando palavras que não faziam sentido para mim. As sirenes das três unidades ligadas ao mesmo tempo faziam um barulho ensurdecedor. O silvo dos bombeiros parecia uma melodia chorosa, como a dizer que chegavam para ajudar. O toque estridente da sirene da ambulância transmitia uma urgência desesperadora, como se pedisse que todos abrissem passagem para que o destino ficasse mais próximo. As viaturas da polícia apitavam com silvos intervalados, como se pretendessem colocar medo nas pessoas.

Para mim, e para os viventes das comunidades mais desassistidas e violentas, o alarme das sirenes passavam uma mensagem especial. Muitas vezes, sabíamos qual era o tamanho da tragédia apenas ouvindo o toque delas rasgando a noite. Não entendia por que, ali, elas estavam ligadas ao mesmo tempo. Ou, quem sabe, nem estivessem tocando, e aquele barulho fosse apenas na minha mente. Aquilo me confundia ainda mais.

Um homem com a roupa ensanguentada me apontava o dedo gritando:

— Assassino! Assassino! Assassino!

O casal de enfermeiros se aproximou. Dois policiais se juntaram a eles e disseram que iriam me algemar. A enfermeira se opôs de forma contundente.

— Não podem algemá-lo. Ele está ferido. Vamos levá-lo para a emergência. Vocês podem nos acompanhar e tomar as providências no hospital. — esbravejou.

Fui colocado na maca, passaram uma cinta nas minhas pernas, outra no tronco e içaram-me para a ambulância. O movimento brusco sacudiu meu cérebro, deixando-me tonto como se tivesse de pileque. Por um instante, o teto do carro se encontrou com o chão e meu estômago revirou. A ânsia de vômito veio mais forte do que meus dentes travados e não consegui segurar a golfada, que atingiu as pernas deles.

Deviam estar acostumados com isso, pois não disseram nada.

A enfermeira entrou comigo na parte traseira do veículo. O motorista deu a partida, ligou a sirene e saiu em disparada enquanto ela fazia alguns procedimentos de primeiros-socorros. Uma das viaturas da polícia seguiu em escolta, também com a sirene ligada, enquanto a outra ficou no local dando apoio aos bombeiros.

Antes que a porta da ambulância se fechasse, uma moça bonita estendeu a mão para mim. Tive a impressão de que a conhecia, mas não conseguia identificar. A imagem dela foi ficando cada vez mais distante. Ela chorava copiosamente. Fechei os olhos forçando uma lembrança e reconheci seu rosto. Era Deby, minha irmã querida, que se desesperou ao me ver sendo levado. Ela gritava palavras que eu não entendia.

Meus sentidos estavam confusos, não sabia ao certo o que estava acontecendo.

Era um sonho! Era um pesadelo!

Era a realidade!

Com um sobressalto, acordei, a roupa inundada de suor e o coração disparado. Olhei para o lado e vi apenas meus companheiros de cela. Cada qual envolto em seus próprios devaneios, eles não ligavam para o meu desespero. O mesmo pesadelo que me perseguia desde que chegara à prisão atacava mais uma vez.

CAPÍTULO
I

No tempo presente...

O ano é 1998. O mês é setembro. Um ano muito importante na vida de muitas pessoas — como qualquer data de qualquer ano —, para alguns, pelas coisas boas, para outros, pelos acontecimentos ruins. O ano mal havia passado da metade e parecia que nunca iria acabar.

Era uma época de grandes acontecimentos.

Os avanços tecnológicos surpreendiam pela rapidez com que eram incorporados no dia a dia das pessoas. A internet, que algum tempo atrás era uma peça de ficção, já fazia parte da realidade de todos e estava cada dia mais rápida. Os CDs e DVDs viraram uma nova febre, aposentando as fitas cassete e inovando o modo de apresentação dos artistas. Só não se sabia o quanto durariam até serem substituídos por aparelhos mais modernos.

O Brasil havia perdido a Copa do Mundo para a França.

O elástico placar de 3 × 0 fez o país chorar como se houvesse sido derrotado em uma guerra. Não era de se estranhar tamanha comoção, pois, há muito tempo, já se dizia que os brasileiros colocavam o coração no bico das chuteiras. Eram 169 milhões de técnicos a esperar uma nova Copa para escalar o time dos sonhos e ganhar o campeonato mundial.

Na política, o Brasil reelegia Fernando Henrique Cardoso para presidente da república, embalado pelo sucesso do plano real, um mecanismo que deu um basta numa inflação galopante que corroía a capacidade de compra das pessoas. Nos Estados Unidos, o presidente Bill Clinton safou-se por pouco de um processo de *impeachment*, arrastado pelo escândalo do caso Monica Lewinsky, um *affair* tórrido com uma estagiária nos salões da Casa Branca.

Frank Sinatra, um dos maiores artistas de todos os tempos, conhecido como A Voz, partiu no mês de maio. Sua morte deixou órfã uma legião de fãs espalhados pelos quatro cantos do planeta. Por aqui, Leandro, o sertanejo que fazia dupla com o irmão Leonardo, comoveu o país com sua morte intempestiva. Uma dupla de jovens no auge da carreira, que foi brutalmente separada por uma doença cruel.

A figura do rebelde Tim Maia se apagou para sempre, enquanto Roberto Carlos e Pavarotti incendiavam a plateia cantando *Ave Maria*, no estádio do Beira Rio, em Porto Alegre. O filme *Titanic* explodiu nas bilheterias dos cinemas tornando-se, até então, o maior lançamento do cinema mundial.

Seria um ano como outro qualquer, com a dinâmica própria dos acontecimentos, não fosse o meu drama pessoal.

Estou com 30 anos.

Faz um ano, oito meses, doze dias e quatro horas que estou preso. Conto até os minutos, marcando cada dia que passa com um risco na parede ao lado da minha cama. Montar esse calendário me faz ter um objetivo — chegar ao fim da minha jornada, pagar a minha punição e sair desse cativeiro sem perder o juízo. Manter a serenidade é o mínimo necessário para que isso seja possível.

Lembro-me daquela manhã quando cheguei ao presídio.

Duas horas antes, embarcamos em um ônibus especial, de cor preta, com os dizeres "sistema correcional" pintado nas laterais. Eu e mais vinte prisioneiros saímos da Divisão de Controle e Custódia de Presos, localizada na sede da Polícia Civil do Distrito Federal, ao lado do Parque da Cidade, com destino à Penitenciária Federal.

Sentamo-nos em cadeiras individuais e fomos algemados em argolas presas na lateral do veículo. Uma corrente fixada em cada tornozelo impedia qualquer tentativa de fuga.

Duas viaturas pretas, com uma faixa amarela e outra branca, caracterizados como da polícia penal, cada uma com quatro agentes faziam a escolta do ônibus. A primeira viatura com a sirene ligada abria a passagem, a segunda fechava o comboio. Um carro preto da polícia civil acompanhava de perto a manobra de transferência. O comboio pegou a EPIA, que é a espinha dorsal do sistema rodoviário do Distrito Federal, entre a Saída Norte e a Saída Sul, rumo à BR 040.

Com o trânsito lento e muito carregado, o comboio seguiu devagar. Depois de uma hora e meia alcançamos os arredores de Brasília, próximo à cidade-satélite de Santa Maria. O ônibus acessou a rodovia que liga a capital federal à cidade mineira de Unaí, por onde rodou mais trinta minutos. A estrada toda esburacada, onde o asfalto havia perdido a batalha para a chuva, fazia com que o veículo sacolejasse como uma gangorra.

O ônibus parou em frente a um portão de ferro.

Olhando em volta, pude perceber a aridez daquele local. Circundando o perímetro, um imponente muro de concreto de mais de quatro metros de altura impedia antever o que me esperava lá dentro. Sobre o muro, um metro de arame farpado fazia curvas como se fosse uma centopeia. E, para completar o isolamento, os fios de uma cerca elétrica sinalizavam que a fuga era uma aventura que não deveria ser tentada.

O portão se abriu, o ônibus entrou e estacionou em um grande pátio. Um guarda destravou o cadeado que nos prendia ao banco e fomos saindo um de cada vez. Desci os três degraus da escada com cuidado. As pernas arrastavam as correntes e poderiam me derrubar, caso eu perdesse o equilíbrio.

Em fila, seguimos por um longo corredor que dava em uma espécie de antessala, onde passamos por um processo de identificação. Depois, os guardas soltaram as correntes, destravaram as algemas e nos encaminharam para outro aposento, onde tivemos os cabelos raspados. Logo adiante havia uma bateria de chuveiros. Nos despimos e depois do banho vestimos os uniformes amarelos que foram entregues na identificação.

Enquanto esperava ser chamado para assinar os papéis, pude sentir a solidão que impregnava aquele ambiente. Pessoas taciturnas, sem interesse em trocar sequer um cumprimento. Ninguém parecia se importar com a sorte do outro. Eram desconhecidos e queriam continuar assim.

Detentos, guardas, funcionários, cada qual imerso em seu próprio mundo, sem se importar com os sentimentos ou as impressões das outras pessoas. Era uma nova etapa da vida na qual estava entrando e que precisaria me acostumar.

Quase quatro horas depois, fui levado à sala do diretor.

Um homem forte, carrancudo, olhos embaçados como de um peixe morto, me encarou sem nenhuma expressão. Parecia nem estar ali ou, se estava, o pensamento pousava em outro lugar. Vestia uma camisa branca, com uma gola enorme, da qual pendia uma gravata. O nó malfeito curvava para o lado e a todo momento ele tentava ajustá-lo no pescoço.

Dava a impressão de respirar mal.

Talvez fosse o calor ou, quem sabe, o excesso de peso. De vez em quando, afrouxava o nó da gravata como se quisesse pegar um pouco mais de ar. Enxugava o suor da testa com um lenço que retirava do bolso da camisa. Outrora, aquele lenço deveria ter sido branco, mas, com tanto uso, dava a impressão de estar amarelado.

— Deve fazer isso umas cem vezes por dia — imaginei.

Vestia uma calça preta, folgada na cintura, sustentada por dois suspensórios que salientava o volume da enorme barriga.

Voltou os olhos para o papel que segurava na mão esquerda e continuou a ler. Deduzi que fosse a minha ficha, pois, assim que terminou, levantou os olhos e disse:

— Então você joga xadrez, meu rapaz. Muito interessante.

— Vamos passar um longo tempo juntos — completou.

Aquelas palavras me fizeram atentar para o enorme desafio que eu enfrentaria. Havia sido condenado a doze anos de prisão em regime fechado. Segundo as leis, teria de cumprir ⅙ da pena trancafiado, o que representava exatos dois anos, para ter direito a progressão de regime, ou seja, passar do fechado para o semiaberto. Deveria me encher de paciência, trabalhar minha cabeça e meu corpo, para conseguir vencer.

Olhei para o diretor sem dizer nenhuma palavra. Tive a impressão de que esperava uma manifestação da minha parte. Eu não tinha nada a dizer. Estava anestesiado, como se aquele momento fosse um mundo desconhecido para mim. E era.

A ficha estava caindo aos poucos. O diretor continuou:

— Não admito insubordinação. Tenho uma missão a cumprir. Você vai ficar um tempo aqui e precisará seguir as regras. Seus atos serão motivos de punição ou elogio e ficarão no seu prontuário — advertiu.

Como continuei calado, ele completou:

— Seu comportamento é o que poderá aliviar sua estadia em nossa instituição. Cumpra as regras e tudo ficará bem.

Permaneci em silêncio.

O que ele dizia não fazia sentido para mim. Na verdade, eu não me sentia parte daquele processo. No fundo, imaginava que acordaria de um sonho a qualquer momento. Fiquei observando o diretor, imaginando qual seria a sua história.

Algum tempo depois, fiquei sabendo.

Dr. Benício Fonseca, esse era o nome dele, havia chegado ali por acaso, tapando um buraco que ninguém queria. Ele exercia o cargo de superintendente na secretaria de segurança pública e foi nomeado no apagar das luzes de uma rebelião que acontecera no presídio. O governador demitiu o antigo diretor e o nomeou interinamente. Era para ser um mandato tampão, de algumas semanas ou meses, mas por ali ele foi ficando. Não era uma pessoa afeita à liderança; era até certo ponto tímido e introvertido. Na contramão das expectativas, mesmo no improviso, ele acabou se saindo bem.

Apesar de seu aspecto bonachão, o diretor era respeitado na sua função. Às vezes, não entendia por que se mantivera tanto tempo no cargo, pois as pessoas internadas naquele local não eram *flor de se cheirar*. Talvez o respeitassem para evitar que fosse substituído por alguém com desejo de se impor através da força, ou que precisasse de autoafirmação. Ou quem sabe o tolerassem, por ser alguém que fazia vista grossa para pequenos desmandos, convivendo com os malfeitos corriqueiros dentro do sistema.

Não era fácil conviver com homens esquecidos e às vezes incontroláveis, cada qual cumprindo sua pena, trazidos para aquele local por situações diversas. Alguns condenados por crimes premeditados, outros por atos tomados naqueles momentos em que a emoção sobrepujava a razão; ou quando *a esperteza era tanta que acabava engolindo o esperto*.

Como diretor do presídio, conhecia de cor todas aquelas histórias. Não abria mão de receber cada detento que lhe era enviado. Com a ficha do indivíduo nas mãos, perguntava a sua história e ouvia com paciência e interesse a aldrabice que o levara até ali, e depois, com calma, entoava para o novato as regras do estabelecimento.

Dr. Benício Fonseca havia traduzido o discurso de boas-vindas de um filme americano que contava a história de um diretor e suas relações com os presidiários.

Gostara tanto do filme, que adotara aquelas palavras, e as expressava como se fossem de sua autoria. Mudara algumas coisas, mas o sentido era de ser paternal e compreensivo, sem deixar de ser rígido e cobrador de responsabilidades. Contenções à base de força, apenas se fosse imprescindível. No mais, procurava ter uma boa conversa, para os deixar cientes de que todos deveriam colaborar.

Coisa difícil, mas ele conseguia levar.

O complexo penitenciário, como qualquer instituição desse porte, era uma mistura de todo tipo gente. Assassinos, traficantes de drogas, estupradores, estelionatários, meliantes de contravenções e muito mais.

Ali, no jargão do crime, quem não era bandido aprendia a ser por força da familiaridade coletiva. Uma escola de malfeitoria, no sentido exato da palavra. Os mais fortes, como em todo lugar, formavam suas "milícias" e acabavam aliciando e dominando os mais fracos.

Para a maioria dos condenados, era benéfico buscar a proteção de alguma facção, garantindo, assim, mesmo que no fio da navalha, a preservação da vida. Em troca, prestavam favores e obedeciam às ordens dos protetores.

Uma relação promíscua e corrompida.

Por vezes, o local era tomado por insurreições coletivas, com todos brigando por melhores condições de habitação, mesmo sem saber direito o que reivindicar. Eles queimavam os colchões, quebravam móveis, tornando o local pior do que antes. O intuito final era chamar atenção da imprensa, das autoridades e da sociedade em geral. Sentiam-se tão esquecidos e alheios ao mundo, que essa era a única forma que entendiam fazer sentido para se comunicar com o exterior.

Esse constante movimento de insatisfação fazia parte da natureza dos presidiários. Homens e mulheres que na maioria das vezes foram levados para a marginalidade por circunstâncias alheias à sua vontade. Alguns pela própria natureza criminosa, entretanto, a maioria deles se perdia pelo ambiente a que foram expostos durante a vida. Carências materiais, falta de educação e de estrutura familiar, acrescidos das más companhias.

O sistema, que deveria prover o mínimo de condições necessárias para o bem-estar desses cidadãos, era omisso. Afinal, se a lei autoriza o estado a punir, essa mesma lei determina que o estado proteja. Todavia, não era assim como as coisas sucediam. O estado os abandonava à própria sorte, o salve-se quem puder era o lema. O sistema era um ambiente corrupto por dentro e por fora, carregando mazelas insondáveis. Ao fim e ao cabo, presos não eram pessoas, mas sim números que inflavam as estatísticas.

Na cartilha do sistema carcerário, o objetivo profícuo era penalizar e ressocializar, trazendo esse indivíduo novamente para o convívio da sociedade.

Entretanto, a realidade era outra. Ficava impossível cumprir esse objetivo dentro das reais condições oferecidas. Amontoados e sem dignidade, coexistindo como animais, o máximo que uma pessoa poderia fazer ali era sobreviver, e, para isso, admitir e contribuir com as piores práticas que se apresentavam.

No mínimo, a cada três meses, acontecia um assassinato.

Alguém pisava no calo do outro, e a qualquer momento aparecia agonizando, ou já era encontrado morto. Poucas vezes se conhecia o autor do evento. E mesmo quando era identificado, pouco se podia fazer além do isolamento do indivíduo para tentar evitar uma retaliação. O diretor, então, abria um processo que levava inevitavelmente ao aumento da pena.

Internamente, quase sempre a vingança era de forma trágica: assim que o malfeitor retornava às atividades conjuntas, acontecia de receber um castigo igual, ou seja, morrer por ação de outra facção. Um círculo vicioso, constante e macabro.

Fui colocado em uma cela com mais cinco detentos.

Um rapaz negro de sobrancelhas espessas e lábios grossos. Seu nome era Adailton Silva, e descendia de quilombolas da região de Alto Paraíso. Fiquei sabendo que ele matara o capataz da fazenda em que trabalhava. Havia sido acusado de roubar um cavalo e vendê-lo. Ele jurava *de pés juntos* não ter feito aquilo, mas, para servir de exemplo, espancaram-no e o mandaram embora da fazenda. Ele voltou à propriedade e tocaiou o gerente, matando-o com dois tiros certeiros. Foi condenado a dezoito anos de prisão. Era um indivíduo calado e introspectivo, parecendo carregar uma grande mágoa dentro de si. Talvez, quem sabe, pela discriminação originária de sua condição social, em que às vezes seres humanos são tratados de forma mais cruel do que os bichos das matas onde nascera.

Outro apenado era um sujeito muito magro, de cabelos escorridos e nariz fino. Ele respondia pela alcunha de Cigano. Ninguém sabia seu nome verdadeiro, e isso nem fazia diferença. Seu olhar fugaz, nunca encarando o interlocutor, demonstrava tratar-se de um elemento muito desconfiado. Tossia muito. Uma tosse seca, que muitas vezes incomodava o sono dos colegas e já fora objeto de alguns *arranca-rabos*. Havia sido condenado por uma briga de família; após a morte do pai, ele e o irmão discordaram por causa da herança, uma casa caindo aos pedaços. Na verdade, a moradia ficaria para a mãe, que ainda era viva e doente, mas, depois de alguns goles de cachaça, eles se desentenderam e a tragédia se consumou.

O terceiro elemento, condenado por tráfico de drogas e assassinato, parecia ser bastante perigoso. Não busquei os detalhes de suas estripulias, nem me interessava, na verdade. O que mais tinha na prisão eram elementos com essa ficha corrida. Por isso, era melhor manter distância e cada um cuidar de sua vida.

A cela abrigava também um espancador de mulheres. No seu histórico constava uma lista de agressões de antigas companheiras. Bebia, chegava em casa transtornado e descontava suas mágoas nas mulheres. A maioria das parceiras ficava com medo de sofrer retaliações maiores e, por isso, suportavam caladas a humilhação. Quando o clima chegava ao ponto de fervura, alguma companheira o abandonava. Ele não se importava, logo arranjava outra e o enredo se repetia. Certa feita, foi preso em flagrante e não teve como escapar. Acabou sendo condenado. A sorte dele foi não ser acusado de estupro, pois isso na cadeia é imperdoável.

E tinha o Geninho.

Um rapaz que cumpria dezoito anos de prisão. Era cabeleireiro e fazia "strip-tease" em uma boate gay. Segundo me contou, ele se envolveu com um cliente, que também se insinuou para outro colega. Essa crise de ciúme levou-os ao desentendimento, descambando para as vias de fato. O rapaz enciumado o atacou portando uma faca de cozinha, e teve a garganta cortada por uma navalha. Geninho alegava ter sido um acidente, mas ficou difícil de acreditar.

— O que ele fazia com uma navalha na bolsa? E como ela encontrou sua mão e foi acertar a garganta do outro? — eu me perguntava.

Na prisão sabe-se de tudo.

Quando cheguei na cela carregando meus pertences — toalha, cobertor, travesseiro e algumas peças de roupa —, todos já sabiam por que eu estava ali. Havia sido condenado por defender minha irmã, e isso na prisão tem um valor inestimável. Defender a família é ponto de honra, comparável apenas a nunca delatar um companheiro. Por essa razão, acumulei prestígio entre os chefes de gangues e ninguém se metia comigo.

Conheci o Bochecha, um mestiço forte como um touro, e o Orelha de Porco, outro sujeito muito mal-encarado. Eles andavam sempre juntos, seguidos por uns doze asseclas que obedeciam cegamente às suas ordens. Era uma gangue pequena, mas respeitada.

Certo dia, no refeitório, eu cedi o lugar para eles; acho que esse ato fez com que simpatizassem comigo e de certa maneira passaram a me proteger. Uma coisa rara de acontecer, pois esse tipo de gente não cultiva nenhuma simpatia pelo semelhante. Sentem prazer em impingir humilhação e sofrimento. Sem nenhum motivo espancavam aqueles que não se submetiam às suas vontades e criavam o terror para manter o poder.

Quantas vezes eu ouvia os gemidos do Geninho, que dividia a cela comigo. Ele era afável, sorria para todo mundo, procurando sempre agradar. Não merecia sofrer tamanho suplício. Uma vez por semana, o Caveira, chefe de uma facção do presídio, o requisitava para satisfazer seus instintos animalescos. O flagelo acontecia sob a complacência dos guardas e do diretor do presídio, que eram subornados para fazer vista grossa.

Quando os cupinchas do malfeitor vinham buscá-lo, o guarda abria a cela para facilitar a empreitada. Chamavam o Geninho com o dedo indicador, fazendo sinal para que os acompanhasse. Ele sabia que não poderia recusar. Levantava-se cabisbaixo e seguia os algozes. A sessão de tortura durava uma eternidade. Depois do Caveira, outros asseclas aproveitavam e seviciavam o pobre rapaz.

Seus grunhidos pareciam uivos de uma fera tentando se livrar das amarras. Terminada a seção de tortura, o empurravam para o corredor. Ele ficava ali sentado por vários minutos, inerte, como se estivesse anestesiado. Depois entrava para a cela e se deitava na cama. Suas lágrimas escorriam pela face sob um silêncio devastador. Minha alma cortava de angústia e revolta ao presenciar aquele martírio; entretanto, eu nada podia fazer, pois assim funcionava o sistema. Qualquer tentativa de interferir no processo poderia ser retaliada com extrema violência. No dia seguinte, Geninho levantava-se como se nada tivesse acontecido. Continuava sorrindo, tentando apagar as lembranças daqueles momentos trágicos.

Desenvolvi uma relação de respeito com os guardas da prisão. Exceto pelo rigor de suas ações eu os admirava e sentia certa inveja deles também. No fundo, entendia que deveriam agir de forma dura, do contrário corriam o risco de serem dominados e pagarem com a vida. Admirava aquele uniforme bonito que usavam. Cinza-escuro com listras vermelhas e o cinto largo com uma fivela reluzente na frente me deixavam encantado. De cada lado da cintura pendia uma arma. Do lado direito, um cassetete preto, e, do esquerdo, uma pistola de choque.

Não portavam arma de fogo.

Estas eram reservadas para as sentinelas que habitavam as guaritas elevadas e para os guardas que faziam as rondas externas. Dentro dos corredores e nos ambientes internos, apenas as armas de contenção eram permitidas. De vez em quando, usavam esses apetrechos para conter algum entrevero entre os detentos. Nunca havia experimentado nenhuma delas, mas sabia que tanto uma como a outra tinham lá seus dissabores. O cassetete, de uma borracha endurecida, deixava sulcos profundos, que ficavam vermelhos e depois roxeavam. Aquele instrumento de choque não deixava marcas, no entanto, paralisava a pessoa no mesmo instante.

A autoridade que eles tinham, sempre no comando das ações, me fascinava.

Sempre admirei as fardas.

Para mim, as pessoas que as usavam pareciam saudáveis e fortes. Desde pequeno, me imaginava naquelas indumentárias. Da polícia eu não gostava muito. Tinha medo quando eles apareciam na comunidade. Preferia as fardas azuis da aeronáutica, com boné do tipo quepe, ou então as branquinhas dos marinheiros.

Os seguranças de empresas também me chamavam atenção, mas, se eu pudesse escolher, seria a Marinha. Navegar pelos mares, conhecer lugares e pessoas diferentes; como eu sonhava com essas aventuras! Às vezes, falava com o Maninho, um colega da mesma rua onde crescemos:

— Vamos conhecer muitos lugares, outros países, namorar garotas bonitas e beber em bares famosos. Seremos marinheiros!

Ele se levantava, batia uma continência e marchava alguns passos.

— Isso mesmo, comandante, vamos desbravar o mundo — brincava.

Nós tínhamos 14 anos na época e, apesar das dificuldades, nada nos impedia de sonhar. Só não imaginávamos que a realidade morava em outra rua e tinha suas próprias regras para subjugar as pessoas.

Encurralado por aqueles muros altos e pelas pesadas grades que cercavam as celas, eu estava dominado pelo sistema. Voltei no tempo, recordando a odisseia que, de alguma forma, havia me levado até ali. Faltavam quatro meses para conseguir a progressão da pena. Eu tinha que aguentar.

CAPÍTULO II

Reminiscências

· ■ ■ ■ ·

As lembranças me levaram às histórias contadas pela minha avó e que embalaram nossas noites de criança. Ela nos contava em detalhes as peripécias da família, os desafios e a grande jornada que empreenderam em busca de novos horizontes.

Corria a década de 1960 e o país inteiro falava das oportunidades existentes no Centro-Oeste, em especial sobre a construção da nova capital federal. As promessas de emprego farto e bons salários contrastavam com as dificuldades enfrentadas pelos sertanejos que sofriam com as longas estiagens no Sertão baiano e em outras regiões do país.

Essas notícias alvissareiras chegaram aos ouvidos dos meus avós no verão de 1957. No início, eles não deram muito credo aos boatos, no entanto, os relatos que ouviam pelo rádio, como também nos bate-papos das feiras, fizeram com que acreditassem nas informações. Três anos depois, calejados pelas dificuldades, e muitas noites em claro, empreenderam a jornada para a terra prometida, levando apenas a roupa do corpo e os filhos rumo ao novo eldorado.

Trafegando por estradas poeirentas e esburacadas, a bordo de um ônibus quase caindo aos pedaços, o trajeto, que seria feito em dois dias, consumiu-lhes mais de duas semanas. A velha jardineira quebrou por três vezes e tiveram de aguardar a chegada das peças, acampados em fazendas da região. A cada pouso, a saudade invadia seus corações e as lembranças inundavam suas mentes.

Haviam deixado para trás os laços familiares e afetivos com os antepassados. Abandonaram aquele pedaço de chão onde nasceram e fincaram raízes por muitas gerações. Essa decisão não havia sido fácil para meus avós. Naquelas paragens inóspitas, eles cresceram e sonharam criar os filhos. Assim como fizeram seus ancestrais, labutando dia e noite para conseguir o sustento, sem reclamar. Colheram cacau nas grandes fazendas da região como agregados. Plantaram suas lavouras de milho, arroz e feijão, cuja colheita não dava muito dinheiro.

Não conseguiram nada além de viver um dia de cada vez. Mesmo assim, tiveram de abandonar as terras que nunca lhes pertenceram, tragados pelo progresso e pela modernidade. Os tempos eram outros e a realidade também.

As grandes fazendas não precisavam mais de mãos calejadas, mas de computadores encravados em modernas máquinas de plantar e colher. Sozinhas, elas faziam o serviço de dezenas de homens. Sem alternativas e premidos pela necessidade, meus avós deixaram o Sertão e passaram a viver na periferia das cidades, agregando novos conhecimentos e aprendendo outros ofícios. Para ganhar algum dinheiro, meu avô fazia serviços de pedreiro, encanador e, quando precisava, se transformava em carpinteiro e mestre de construção.

As dificuldades eram as mesmas, apenas mudavam de endereço.

Por essas razões, era preciso seguir em frente, buscar novas alternativas e um ponto futuro para alimentar a esperança de dias melhores.

Foi assim que chegaram à Brasília.

Minha avó nos contou que fazia muito calor quando desembarcaram, numa tarde quente e ensolarada do mês de agosto. A capital não se parecia com a metrópole que iria se tornar. Havia sido inaugurada no dia 21 de abril daquele ano, mas, na verdade, era um grande canteiro de obras, com máquinas e gente, espalhados por toda parte. O vento forte desfolhava as copas das árvores e espalhava aquela poeira vermelha por quilômetros, naquele descampado do Planalto Central.

Ela nos contava que a cidade era uma mistura de gente vinda de todas as partes do país. Predominavam os mineiros, goianos e, em um número maior, os nordestinos. Muitos deixaram sua terra natal na carroceria de caminhões — os chamados *paus de arara* —, e enfrentaram travessias de até quarenta e cinco dias para chegar ao Planalto Central.

— As pessoas não tinham onde morar. Então, elas aproveitavam os restos de material, tábuas velhas e construíam suas residências perto dos canteiros de obra — dizia ela.

Em outra ocasião, nos contou:

— As moradias eram barracos improvisados, que depois seriam desmanchados para dar lugar aos novos edifícios. As pessoas iam sendo empurradas cada vez para mais longe.

Segundo ela, meu avô se orgulhava de ter encontrado o presidente Juscelino Kubitschek em suas costumeiras visitas às obras. Naquelas ocasiões, acompanhado dos engenheiros e encarregados, ele se misturava aos trabalhadores, cumprimentando-os, perguntando sobre suas famílias e como estavam sendo tratados.

— Ele parecia uma pessoa comum, um trabalhador como nós, e não alguém tão importante — recordava-se.

Não foi difícil para o meu avô arranjar um emprego.

Era forte e habilidoso. Tinha experiência em construção de casas e logo se firmou como oficial de carpintaria. Tio Zequinha, filho mais velho, já havia completado 18 anos e também se empregou com facilidade como auxiliar de pedreiro. Marivaldo, com 16 anos, fazia alguns bicos, e minha mãe, na época com 12 anos, ajudava minha avó a cuidar da casa. Uma típica família de *candangos*, como se dizia na época, em busca de melhores oportunidades naquela nova fronteira.

A adaptação não havia sido fácil, entretanto, nada se comparava com as dificuldades que enfrentavam na terra natal. Ali, ao menos a esperança povoava seus pensamentos; as noites quentes e estreladas embalavam sonhos por uma vida melhor.

Quando chegaram, se instalaram em Taguatinga, um povoado que acolhia os trabalhadores vindos de todos os cantos do país para a construção da nova capital. No início, o aglomerado chamava-se vila Sara Kubistchek, depois virou Santa Cruz de Taguatinga e, por último, apenas Taguatinga. Pouco tempo depois de sua fundação, já se parecia com uma cidade, abrigando hospitais, escolas e uma forte presença comercial.

Taguá, como também era chamada, foi a primeira cidade-satélite do Distrito Federal. O nome, de origem indígena, significa "ave branca".

Com o crescimento da cidade, as pessoas menos favorecidas foram empurradas para as regiões mais distantes, formando núcleos que obrigaram o governo a criar programas de assentamento, surgindo assim vários outros centros urbanos. Naquele projeto nasceu Ceilândia, para onde meus avós mudaram-se alguns anos depois. Um pouco antes do falecimento do meu avô, nossa família mudou-se para o Núcleo Guariroba, casa onde passei os melhores dias da minha infância.

Uma cidade nova como a capital federal, que atraía gente de todas as partes do país, demorava a criar identidade e a sensação de pertencimento era fragilizada. As relações sociais eram superficiais — as pessoas não queriam ou não se importavam muito umas com as outras. Esse comportamento instigava desavenças e permeava a violência. Em face disso, muitas tragédias que poderiam ser evitadas aconteciam e criavam marcas indeléveis no seio das famílias.

Foi assim que uma fatalidade se abateu sobre meus avós.

Tio Zequinha se desentendeu com um vizinho por causa do barulho dos três cães que ele criava. Em vez de de resolver o problema através do diálogo, se encontraram depois de uma bebedeira e um assunto tão banal foi objeto de uma disputa na ponta de peixeiras afiadas. Não houve forma de atenderem aos apelos para que parassem com o duelo. No fim da contenda, não houve vencedor. Os dois se feriram brutalmente, cada um caindo para um lado, esburacados pela ignorância. Duas famílias foram despedaçadas por motivos fúteis.

A esposa do meu tio era de uma família oriunda do Piauí, e com o incidente decidiu voltar para onde moravam seus pais. Levou com ela os filhos, destruindo uma parcela dos sonhos dos meus avós, que não conviveriam com os netos.

Esses episódios do passado criam referências em nossas memórias, nos estimulando a imaginar como os acontecimentos são voláteis, moldando as estruturas e os sentimentos de acordo com o tempo e as experiências que carregamos. E, ao fim, constatamos que em determinados estratos sociais a história se repete independentemente do tempo e do espaço, pois as engrenagens movem-se quase sempre da mesma forma.

O poder, o dinheiro e as necessidades ditam as condições de vida de cada ser humano, estabelecendo, mesmo que empiricamente, suas escolhas e seus destinos.

Décadas depois da saga dos meus avós, eu continuava perseguindo os mesmos sonhos que os fizeram emigrar de terras distantes em busca de novas oportunidades.

CAPÍTULO III

Memórias da infância…

Eu era o primeiro de quatro irmãos.

Quando minha mãe se casou, no ano de 1968, ela tinha 19 anos, quase completando 20. O mundo passava por transformações expressivas. Na França, um movimento que começou com os estudantes, exigindo reformas no sistema educacional, descambou para uma greve geral de trabalhadores, afrontando o governo De Gaulle, que estava há dez anos no poder. O movimento arrefeceu, com atendimento de parte das reivindicações, entretanto, espalhou sementes por todo o mundo.

No Brasil, com os movimentos de protesto tomando as ruas, o regime militar que começara quatro anos antes, decretou o AI-5, instrumento assinado pelo general Costa e Silva, que suspendeu direitos e garantias individuais, culminando com o fechamento do congresso e a cassação de mandatos legislativos.

Em meio a essas transformações, minha mãe carregava a barriga bem adiantada, o que apressou o casamento. Eu nasci meses depois da formalização da união. Meus pais tiveram mais uma filha, Débora. A diferença de idade entre nós era muito pequena, coisa de um ano e quatro meses. Nós tivemos certa convivência com nosso pai, o que nao aconteceu com os outros dois menores.

Lembro-me de que dos 5 para os 6 anos já tinha padrasto, pois meu pai havia saído de casa e não voltaria jamais. Quando fiz 7 anos, nasceu Pablo, consequência de uma relação passageira da minha mãe com um colega de trabalho. Depois, quando já tinha 9 anos, chegou o menorzinho, que ela batizou de Denilson. Era fruto de outro namoro fugaz e açodado com um rapaz que ela conhecera em uma balada.

Nenhum daqueles relacionamentos criou raízes e meus irmãos não conheceram os pais. Para minha mãe, isso não fazia muita diferença, já que assumiu a responsabilidade pelos filhos desde as gestações.

❦

Nas comunidades, todos os garotos tinham apelidos. Mesmo quando adultos, geralmente não sabíamos o nome verdadeiro de alguns colegas.

Em nossa casa, todos éramos tratados por diminutivos dos nossos nomes: Débora era chamada de Deby, Pablo de Caco e Denilson de Deni. Minha mãe tinha um nome comum e nunca teve apelido: Marisa. Meu codinome era Jô. Quando alguém me chamava de Josias, eu chegava a olhar para o lado, e só um pouco depois entendia que era comigo.

Meu nome havia sido uma homenagem da minha mãe ao meu avô. Eu tinha orgulho disso. Mesmo não tendo convivido com ele, guardava boas lembranças das histórias contadas pela minha avó. Ela se orgulhava da sagacidade dele, da sua visão simplista do mundo e da tenacidade com que enfrentava os desafios. Mesmo sendo quase analfabeto, exibia larga sabedoria sobre os mistérios e desafios da vida. Na verdade, eu tinha a impressão de tê-lo conhecido e, de certa forma, ter convivido com ele por algum tempo.

Minha mãe sempre foi muito apegada aos filhos, dedicando todo o tempo livre para cuidar de nós. Não tinha preguiça, mesmo estando cansada ou acometida de algum mal-estar. Quantas vezes a vi se levantar à noite para friccionar Vick Vaporub no peito de Deni para combater as crises de asma, sem nunca reclamar. Ou quando ficava horas ninando Caco, sempre que acordava assombrado pelos pesadelos. Também nas manhãs de domingo, gastava um tempo danado fazendo tranças no cabelo de Deby e checando a limpeza do sapato de cada um de nós.

Apesar de toda a correria, ela encontrava tempo para nos dar atenção.

O trabalho não rendia muito.

Com o pouco que ganhava pagava as despesas da casa e ainda nos levava para passear. No domingo, com aquelas roupas de festa, pegávamos o ônibus circular e íamos para o parque da cidade. Localizado no fim da Asa Sul, o parque, rebatizado com o nome da primeira-dama do Brasil, passou a ser chamado de Parque da Cidade Dona Sarah Kubitschek. É considerado o segundo maior parque urbano do mundo, com seus 4.200.000 m² de área em seu total (o primeiro é o Parque Phoenix em Dublin, na Irlanda com 7.000.000 m²). O local reuniu o trabalho do quarteto que construiu a capital. O projeto de Oscar Niemeyer; a obra paisagística de Burle Marx; a área urbanística desenvolvida por Lucio Costa, além de uma coleção de azulejos de Athos Bulcão.

Quando visitávamos o local, nos deliciávamos com as inúmeras atrações, como parques infantis, academia ao ar livre, quadras de esportes, lagos artificiais, parque de diversões, centro hípico e pistas de caminhada, patinação e ciclismo. O parque é considerado patrimônio de Brasília. Para lá se deslocavam e ainda se deslocam famílias inteiras, de todas as cidades-satélites e municípios do entorno do Distrito Federal, como é o caso de Valparaíso de Goiás, Santo Antônio do Descoberto, Planaltina e Luziânia.

Os vendedores de sorvetes e algodão-doce disputavam espaço nas passarelas apinhadas de gente. O sortudo que conseguia nos atender fazia a feira, pois éramos quatro crianças ávidas por guloseimas. Naqueles momentos, ela nos contava que, quando pequena, adorava sorvete, mas nunca tivera dinheiro para essas regalias. Muito menos quem a levasse para os passeios. Como quase todos os pais, ela queria dar aos filhos aquilo que gostariam de ter tido.

A vida era difícil para nossa família.

Éramos seis pessoas dependentes do emprego e do salário da minha mãe. Como para tantas outras famílias de nossa comunidade, a subsistência era a maior das preocupações. Muitas vezes, os recursos eram tão escassos que faltava o básico para manter a dignidade. Um mês deixávamos de pagar a conta de luz, no outro era o talão de água que ficava pendente. E quantas vezes a vi comprar o botijão de gás prometendo pagar no fim do mês. Ainda bem que o moço da distribuidora tinha um bom coração e ajudava sempre que podia.

A comida carecia de itens importantes para crianças em fase de crescimento, como a carne e o leite, que eram substituídos por batata e ovos. A merenda servida na escola ajudava a suprir o que não conseguíamos ter em nossa casa. A gente se virava como podia e as dificuldades não nos tiravam o ânimo.

Minha avó era especialista em fazer quitandas que eu e minha irmã vendíamos na redondeza. Eram receitas aprendidas com seus antepassados que agradavam o paladar dos clientes. Os ganhos ajudavam nas despesas, mas, mesmo assim, não rendiam o suficiente para aliviar as necessidades.

Desde que me entendia por gente, nunca tivera um Dia das Crianças.

Não podia brincar despreocupado, soltar pipa ou jogar futebol o dia inteiro como faziam os meninos da minha idade. Precisava atender às demandas da minha avó e cuidar dos meus irmãos. Não me revoltava com isso, pois entendia que precisava ajudar.

Dividia essas tarefas com Deby, que era minha alma gêmea.

Nós brincávamos juntos, confidenciávamos nossos sonhos e as pequenas alegrias, como os presentes que o Pavão trazia para a gente: balinhas, pirulitos e um saquinho com bolas de gude. Ele era amigo do meu pai, e não sei por que a gente o chamava de padrinho.

Uma vez, ele trouxe um tabuleiro de xadrez para mim e me ensinou os primeiros movimentos. Passei a me interessar pelo jogo e com o tempo adquiri muita habilidade na arte de movimentar as peças. Certa feita, achei um manual de xadrez em uma loja de quinquilharia na feira dos importados, que mais tarde se tornaria a Feira do Paraguai. O anúncio do manual era bem interessante: *"Em bom estado interno, sem grifos. Folhas amareladas, alguns pontos de oxidação e carimbo na primeira página. Desgaste nas bordas de algumas folhas"*. Mesmo assim, comprei e me ajudou bastante a entender a filosofia e as regras do jogo.

Minha mãe não gostava muito da nossa intimidade com o Pavão. Devia se lembrar do tempo em que ele e meu pai eram inseparáveis. Ela culpava essa amizade pelo fim do relacionamento com meu pai. Acusava Pavão de convidá-lo para as esticadas nos botecos e as intermináveis partidas de sinuca, que varavam a madrugada.

Por um tempo, eu e Deby ficamos um pouco ressabiados com Pavão, mas logo compreendemos que não era ele o centro do redemoinho, mas, sim, a falta de propósitos comuns entre nossos pais. Com o passar dos anos, Pavão também encontrou outros afazeres e se distanciou da nossa casa.

Eram os caminhos da vida, que levavam as pessoas para outros lugares, deixando apenas as memórias, fossem elas boas ou ruins.

A casa da minha avó era uma construção inacabada que ela passara a vida inteira tentando terminar. A residência era pequena. Dois quartos, uma sala e uma cozinha. Um banheiro interno e outro que era acessado pela área de serviço. Minha avó ocupava um quarto e minha mãe vivia no outro com os filhos.

Havia uma cama de casal que ocupava a metade do quarto e, na parede oposta, um beliche de três pavimentos. Eu dormia no andar de cima. Caco ficava no meio e Deby embaixo. Quando Deni nasceu, minha irmã passou a dividir a cama com minha mãe e a parte de baixo do beliche ficou sendo o berço do caçula. As paredes de alvenaria e o teto forrado de gesso amenizavam o calor de quase 40 graus nos dias mais quentes do ano.

Nossa avozinha contava cada centavo que sobrava para terminar as reformas na casa. Tinha até um cofrinho no qual colecionava moedas. No dia de receber a aposentadoria, trocava as moedinhas por notas de papel, como se isso mudasse o valor que ela havia juntado. A gente se divertia com isso, e até dizíamos que o Tio Patinhas deveria ter sido parente dela. Essa comparação a irritava. Ela nos ameaçava com chineladas e gargalhávamos.

Mesmo com toda a disciplina da minha avó, sobrava pouco para investir na reforma. Quando a minha mãe recebia o abono do fim do ano, comprava algum material para ajudar e, assim, estávamos sempre com alguma obra por concluir.

Minha avó dava prioridade para a cozinha e área de serviço, pois eram os locais onde passava a maior parte do tempo. Queria deixar esses espaços o mais confortáveis possível.

— Um dia consigo terminar essa cozinha — dizia ela, toda semana.

Eu acreditava que esse dia nunca iria chegar, pois, na maioria das vezes, ela fazia uma coisa e não ficava satisfeita, desmanchava tudo e começava de novo.

※ ※

Lembro-me de quando ela contava do acidente do meu avô. Ele era auxiliar de carpinteiro e sofreu uma queda de um andaime quando trabalhava na construção de um prédio. Apesar de estar com todos os equipamentos de segurança, uma correia da cinta que o prendia não resistiu ao impacto e acabou cedendo. Ele resvalou no chão de uma altura de oito metros, ocasionando uma lesão cerebral grave.

O socorro não demorou muito, porém, mesmo sendo levado ao hospital, ao fim, o trauma não teve reversão e ele acabou perdendo a vida em face desse terrível episódio. Foi uma perda irreparável para o equilíbrio de nossa família. Minha mãe nos contou como foi difícil para minha avó se acostumar com a falta do esposo. Para ela, a filha caçula, a ausência do pai marcou bastante a sua adolescência.

A empresa providenciou o funeral e deu entrada nos papéis de seguro social, que passou a pagar um salário-mínimo para a minha avó. Nenhuma indenização. Minha mãe até procurou um advogado, mas o processo não deu em nada. Ele prometeu acionar a empresa, mas, depois de algumas reuniões com a construtora, perdeu o interesse. As pessoas falavam à boca pequena que ele havia sido convencido a desistir da empreitada mediante uma premiação recebida da empresa.

Como sempre acontece nesses casos, a parte mais fraca é engolfada pela força de pressão do poder econômico e dos interesses escusos. A maioria das pessoas humildes não tem instrumentos para se defender. Além de não conhecer os seus direitos, quando buscam apoio, são tratadas com desdém pelos mais favorecidos. Isso faz com que a maioria desista de seus pleitos e se conforme com a desdita. Foi o que aconteceu com minha avó.

Marisa não se subjugava aos caprichos dos homens. Acredito que por isso suas relações tenham sido tão efêmeras. Se alguém pisava no calo dela, era desavença na certa. E se implicasse com os filhos, aí que a coisa pegava. Ela ficava uma fera. Soletrava com todas as letras que não precisava de homem para cuidar dos filhos, que era muito capaz de resolver tudo sozinha, como sempre fizera.

Eu percebia, mesmo sendo criança que, na maioria das vezes, os homens tentavam se sobrepor às mulheres, impondo-lhes limites. Não entendiam que uma trajetória harmoniosa deveria ser feita a dois, respeitando a história pregressa de cada um. Quando essas percepções não se encaixavam, e a mulher tinha o perfil independente, esbarrava na visão machista da sociedade e os relacionamentos desandavam.

Minha mãe era uma sonhadora.

Imaginava construir uma família como nos contos de fada: um homem por quem ela se apaixonasse e que fosse o provedor da prole. Que a amasse e dedicasse a ela todos os seus pensamentos. Ela gostava de flores, música e de assistir a filmes. Tinha a sensibilidade à flor da pele. O que acontece, na maioria das vezes, é que essas pessoas muito sensíveis também são muito temperamentais. Era o caso dela. Derretia-se com os primeiros elogios e não fazia uma avaliação isenta da situação. Logo nos primeiros desentendimentos, a relação retrocedia.

Ela nunca levou um homem para nossa casa, a não ser quando achava que o convívio seria duradouro, aí ela se dedicava, cuidava para que tudo desse certo, mas como dizia minha avó:

— A natureza dessa menina vai acabar com ela!

E era verdade.

Os relacionamentos tinham uma longevidade pequena devido, talvez, à falta de tolerância dela. Ou porque já nascessem com defeito de origem, já que não se conheciam direito e logo que a convivência se impunha as diferenças se tornavam incontornáveis. Quando acontecia o rompimento, ela prometia nunca mais se envolver com homem nenhum, asseverava que o "bicho homem" não prestava e que o melhor era ficar sozinha. Mas isso durava pouco. Só o tempo de tomar umas cervejas e alguém dizer que ela era linda e carinhosa. Se derretia toda, caindo no papo.

Meu pai aparecia uma vez a cada seis meses.

Chegava no fim da tarde, levava eu e Deby para tomar sorvete e ficávamos umas quatro horas juntos. Não tínhamos assunto para conversar. Ele perguntava da escola, se eu jogava futebol e se tinha amigos. No começo eu até respondia, mas depois nossos diálogos ficaram cada vez mais curtos. O que me deixava mais irritado eram as perguntas sobre mulheres: *você já tem uma namoradinha? Já beijou uma menina?*

Era de lascar.

Por fim, quando ele aparecia eu chamava Caco e Deni para compartilhar. Eles adoravam, pois não tinham o constrangimento do parentesco. Para eles, era apenas um tio que visitava a gente e nos levava para tomar sorvete.

— Bora nessa! Vai ser uma delícia! — diziam, assim que eu os chamava.

A sorveteria ficava em frente a uma praça e os meninos corriam a danar ao término do sorvete. Eu ficava sentado, sem coragem de levantar e também sem saber o que fazer. Acho que por isso eu não gostava das visitas. Ele já vivia ausente mesmo, então, essa presença semestral era mais constrangedora do que alegre. Para mim e para Deby, parecia mais uma obrigação do que um prazer.

Uma vez, ele trouxe um menino para a visita. Seguimos para a sorveteria e, enquanto os menores esbaldavam-se com o copinho cheio de flocos, ele disse para nós:

— Esse é o Melchior, irmão de vocês. Cumprimentem ele.

— Oi — disse o garoto, como se já tivesse sido orientado pelo meu pai sobre como se comportar.

Deby era mais expansiva e foi logo cumprimentando:

— Oi, eu sou Deby — disse, estendendo a mão para cumprimentá-lo.

Eu fiquei meio sem jeito e meu pai insistiu:

— Cumprimenta seu irmão! — falou, indicando com o queixo.

— Oi — falei com jeito enfadonho.

— Pega na mão dele — determinou.

Trocamos um aperto de mão bem sem graça e ficamos cada um mais acanhado que o outro. Naquele dia, me aborreci ainda mais, e não via a hora de o passeio terminar.

— Coisa mais chata essa. Os adultos acham que tudo se resolve da forma que eles imaginam — resmunguei indignado.

Melchior era fruto do relacionamento do meu pai com uma mulher, logo depois de ter se separado da minha mãe. Ele tinha mais ou menos 6 anos, a mesma idade de Deby. E, como nós, morava com a mãe e o padrasto, já que meu pai outra vez havia se mandado.

Depois desse dia nunca mais vi meu irmão.

Algum tempo depois ele me adicionou no Facebook e fiquei sabendo que frequentávamos a mesma escola. Compartilhávamos vídeos e algumas mensagens, mas nada que significasse uma relação de parentesco.

CAPÍTULO IV

Lembranças da adolescência...

Quando Deni completou 3 anos, eu já beirava os 14 e tinha mais liberdade para sair.
Os meninos ficavam com minha avó, que, apesar de idosa, era forte como um cerne de aroeira. Na comunidade, eu vendia sorvetes, empurrando um carrinho de uma fábrica que existia na região: o nome era "Aqui-Bom Sorvetes Artesanais", acho que para imitar uma famosa marca de nome "Eski-bon", muito famosa em todo o país.

Chegava da escola quase ao meio-dia, almoçava, depois corria para pegar o carrinho e cumprir a jornada de trabalho. Era uma forma de estar livre, rodar por todo o bairro e ao mesmo tempo saber o que acontecia. Meus colegas ficavam troçando de mim, às vezes até incentivando para que largasse o trabalho, mas quando viam o dinheiro na hora do lanche ou nos folguedos no parque da cidade, ficavam com inveja. Até pediam para que eu arranjasse uma vaga para eles.

O emprego não era para qualquer um.

Seu Policarpo, o dono da fábrica, era muito severo. Conhecia a fundo todos os moleques do bairro e selecionava a dedo aqueles que poderiam empurrar os seus carrinhos. Já sofrera sérios prejuízos com meninos irresponsáveis, por isso não se arriscava com qualquer um. Para ter o privilégio de empurrar o carrinho amarelo com listras verdes, colocar o boné da empresa na cabeça, tinha que ter uma boa indicação.

Muito tempo depois, fiquei sabendo que minha vaga havia sido patrocinada pelo meu pai. Os dois eram parceiros no jogo de sinuca e um dia ele pediu uma oportunidade para mim. Lembrei-me que, em uma de suas visitas, meu pai aconselhou:

— Vá na fábrica de sorvete, quem sabe você arranja um trabalho lá. Fala com seu Policarpo, ele é um homem bom.

Como já não suportava mais a vontade de ter uma ocupação, segui o conselho e apareci na fábrica. Seu Policarpo foi muito atencioso e na outra semana eu já estava trabalhando. Quando minha mãe soube, ficou desconfiada, mas não criou muito caso. Desfiou um rosário sobre os cuidados na rua, com malfeitores e espertalhões. Encheu minha cachola de conselhos.

— Não vá muito longe, guarde o dinheiro dentro da calça, não fique com a cabeça exposta ao sol, coloque o boné e não o tire da cabeça — recomendava ela.

Quanto ao sol e ao dinheiro, segui suas orientações, entretanto, eu sacolejava o carrinho por todas as ruas da comunidade.

Logo fiquei na posição número um em produtividade e seu Policarpo demonstrava apreço pelo meu trabalho. Recebia o pagamento no fim de semana. Entregava o dinheiro para minha mãe, que o guardava em uma caixinha escondida debaixo da cama. No fim do mês, deu para comprar uma camiseta com o montante e, depois de três meses, comprei um tênis. Também dei presentes para meus irmãos, o que deixou minha avó bastante orgulhosa.

Aos sábados, quando íamos à feira, eu podia perceber como ela ficava satisfeita vendo-me pagar algumas verduras. Eu já estava virando homem — ganhava meu próprio dinheiro aos 15 anos de idade —, contribuindo com o orçamento familiar.

A doença da minha avó foi um baque para a nossa família. Ninguém imaginava que um dia ela pudesse adoecer. Na nossa cabeça, algumas pessoas nascem para durar eternamente. Os avós, os pais, os amigos. No dia que fraquejam ou morrem, a gente fica sem chão, perde o eixo e questiona tudo. Foi o que aconteceu. Ficamos perplexos de vê-la deitada na cama, sem conseguir se levantar.

Dr. Fausto, médico que visitava as casas das pessoas mais pobres do bairro, diagnosticou uma anemia acentuada, acrescida de um quadro avançado de pneumonia. O coração também batia descompassado depois de tanto tempo e de tantas emoções vividas. Receitou uma leva de medicamentos e garantiu que iria melhorar. Precisava controlar a pressão para não ter um problema maior.

Ela ficou triste porque não poderia ir ao banco sacar a aposentadoria. Minha avó adorava aquele momento. Vestia uma roupa domingueira, pegava uma carteirinha de mão e caminhava toda faceira até a agência. A caixa do banco lhe dava a maior atenção e ela se sentia realmente prestigiada.

— Como vou fazer agora? Não posso ir ao banco. Você vai ter que ir lá pegar meu dinheiro, Marisa — disse para minha mãe.

— Pode deixar, mamãe, eu dou um jeito.

No dia de pegar o dinheiro, ela me mandava para a fila e, quando faltavam três pessoas para serem atendidas, eu enviava uma mensagem. Ela pedia para sair um pouquinho do trabalho, caminhava até o banco e recebia o dinheiro. O supermercado em que trabalhava ficava ao lado da agência, e isso facilitava tudo.

Minha mãe saía para trabalhar todos os dias antes das seis horas da manhã. Entrava no serviço às sete horas e cumpria uma jornada estafante de auxiliar de confeitaria. Tirava apenas uma hora para o almoço e, ao fim do dia, voltava para casa destruída, onde sua rotina se estendia até mais tarde. Fazia o jantar, de forma que sobrasse para o almoço do outro dia, e assim, quando chegávamos da escola, Deby esquentava a comida e servia os meus irmãos. Essa função pertencia a nossa avó, mas, com a saúde debilitada, também tínhamos de cuidar dela.

Após quatro meses, a vovó melhorou, mas não era mais a mesma pessoa. Ficava sentada a maior parte do tempo, resmungando palavras ininteligíveis. Ao menos conseguia fazer as suas necessidades e comer sozinha, o que nos aliviava. Reclamava de quase tudo e ficou bastante intolerante com os menores.

Eu não conseguia mais acompanhar as aulas, então desertei de vez da escola. Já vinha de seguidas recuperações e no último ano não havia conseguido a classificação para mudar de série. Eu me destacava nas aulas de Educação Física e no tabuleiro de xadrez. Desde pequeno tinha facilidade com as peças, e com o tempo desenvolvi uma técnica bastante afiada. Era difícil alguém ganhar de mim.

Já Deby era uma excelente aluna. Até tentava me ajudar, mas eu não respondia a contento. Não me interessava de verdade pelo aprendizado. Queria mais era ganhar a vida de alguma forma.

Eu notava que a maioria dos alunos que frequentava a escola tinha a mesma dificuldade para aprender. Professores desmotivados, falta de estrutura familiar e quase nenhuma renda desestimulavam o comprometimento. A subnutrição, o cansaço pelas jornadas duplas de ajudar em casa e ainda tentar ganhar algum dinheiro na rua faziam parte da vida dessas comunidades. A maioria dos pais não tinha emprego fixo. Viviam de bicos pelas redondezas. Então, muitos filhos ajudavam nessa rotina. Uns vendiam frutas nos semáforos, outros saíam com balas e biscoitos para vender de porta em porta.

O sonho de ser marinheiro também foi jogado no lixo. Estava com 16 anos, havia trocado o trabalho de vendedor de sorvetes pelo de repositor no supermercado onde minha mãe trabalhava, e ganhava melhor. Entretanto, por alguma razão, não conseguia mais fazer economia, e sempre pedia dinheiro para minha mãe. Nossa relação começava a ficar tensa e, cada vez mais, nos afastávamos um do outro. Comecei a arranjar novas amizades e saía todos os dias. Quanto mais longe de casa, melhor.

Era uma coisa engraçada, que vim perceber depois. Em certa fase da vida, a tolerância com os parentes fica bem curtinha. Achamos que qualquer manifestação deles é interferência na nossa independência. Que devemos nos afirmar em todos os sentidos e, para isso, nada melhor que ficar junto das pessoas que conhecem menos as nossas fraquezas. Assim, mesmo fracos, parecemos mais fortes.

Foi naquela época que conheci o Parola.

Na certidão de nascimento, ele se chamava Genésio Pereira da Silva, porém não gostava do nome. Nas peladas do bairro, ele jogava de zagueiro, e os colegas o chamavam com o sobrenome do jogador italiano Carlo Parola, que atuava na mesma posição. Como detestava o nome de batismo, aceitou de bom grado o apelido. Parola já havia completado 18 anos e era manobrista de carros em um grande estacionamento perto do shopping. Aprendeu a dirigir sozinho, pegando escondido os carros dos clientes.

Eu, com 16 anos, entrando nos 17 nunca tinha dirigido um carro e ficava anestesiado de ver como ele era safo no volante.

— Um dia vou ser piloto de provas, e quem sabe não chego na Fórmula 1. Quero ser igual ao Ayrton Senna — dizia.

Toda vez que discutíamos sobre carros, ele se orgulhava de mostrar a carteira de motorista para os colegas. Acho que era uma necessidade de afirmação, de se dar certa importância, o que de alguma forma alimentava seu ego. Eu ficava pensando no desvario dele — ser piloto de Fórmula 1 — e lembrava do meu sonho de ser marinheiro. Não acreditava que ele conseguiria. Assim como eu havia desistido do meu, ele provavelmente desistiria do dele. Essas coisas, para acontecer, precisam de um ambiente apropriado, e não era o nosso caso. Nós queríamos viver o momento. Os sonhos vinham e iam embora na mesma toada. Era difícil para gente como nós conseguir alguma coisa. Vivíamos à margem do sistema, sem estrutura familiar, sem empregos formais e sem perspectivas.

Mesmo estando muito perto dos grandes escritórios, das lojas chiques e das pessoas importantes, nossa realidade era de carência afetiva, material e emocional. Todos os dias, víamos tanta riqueza e poder, mas sabíamos que não tínhamos condições objetivas para chegar tão alto. Nosso grande desafio era a sobrevivência. Sonhar com outras jornadas era uma forma de alimentar nossas ilusões. Sabíamos que esses alvos não passavam de uma miragem para pessoas como nós.

Parola tinha uns amigos meio barra pesada. Um deles chamava-se Juliano, um cara branco com a cabeça raspada e uma grande cicatriz no queixo. Ninguém sabia direito o que ele fazia. Alguns parças diziam que havia caído de uma escada e quebrado o maxilar, outros afirmavam que entrara em uma briga e tinha levado uma cacetada. E tinha aqueles que juravam ter sido uma coronhada de revólver da polícia. Na verdade, ninguém sabia como arranjara a tal cicatriz e ele não fazia questão de contar. As lendas em torno de suas histórias serviram para criar uma atmosfera de mistério, deixando a galera ressabiada em se meter com ele.

Outro cara que o Parola gostava de encontrar era conhecido por Mongol, um sujeito estranho e de pouca conversa. Quando falava, parecia mais um grunhido do que uma frase. Penso que era chamado assim pelo seu jeito meio lento, ou pelo corte do cabelo, raspado de cada lado da cabeça e um topete alto, que lembrava uma cacatua. Quando ficávamos apenas os mais chegados, Mongol gostava de exibir uma pistola que carregava escondido. Eu achava isso um mau sinal, e que poderia trazer problemas para ele, mas, mesmo assim, me enturmei com aqueles caras, passei a bater ponto nas festas e nos rolês que davam em toda a redondeza.

Na comunidade, existiam muitos traficantes de drogas.

Gente barra pesada de verdade. Quando a polícia aparecia, ficávamos longe da rota de colisão. Presenciei muitos tiroteios e seguidas mortes. Na maioria das vezes, eram bandidos conhecidos e ninguém dava muita importância quando morriam. Se uma bala perdida acertava algum inocente, que nada tinha a ver com a história, ficávamos tristes e solidários.

Certa feita, uma vizinha da nossa casa levou um tiro no ombro e ficou vários dias internada. O braço dela nunca mais voltou ao normal. Ficou inerte, caído ao longo do corpo. Ela procurou a associação dos moradores do bairro para que buscasse um auxílio do governo, como aposentadoria por invalidez ou auxílio-doença. Entretanto, não conseguiram vencer a burocracia e o benefício nunca saiu. Foram os próprios traficantes que a ajudaram em segredo, enviando cestas básicas. O carro estacionava na porta do barraco, um garoto descia, entregava a cesta e ia embora. Ela nunca procurou saber de onde vinha e era melhor assim.

Apesar de viver em uma comunidade muito carente, de ter poucos recursos à disposição e ao mesmo tempo muita tentação para se perder, nossa família se mantinha longe da criminalidade. Graças ao respeito conquistado pela minha avó entre os moradores, já que ela era uma das pioneiras daquela região, ninguém se metia com a gente. Contava também o pulso firme da minha mãe. Elas me alertavam todos os dias para evitar as más companhias. Não aprovavam meu hábito de fumar nem a minha tendência a beber cervejas.

Essas admoestações eram irritantes, e eu pedia que me deixassem cuidar da minha vida.

Acho que um pouco desse comportamento rebelde veio pela frustração de não conseguir evoluir como eu pretendia.

No fundo, sabia que elas estavam certas, mas não admitia que deveria mudar. Fumava e bebia sem pensar nas consequências, e passei a ficar até tarde na rua. Voltar cedo para casa significava ouvir os sermões que eu já não suportava. Minha avó, então, afirmava que as companhias têm o poder de te levar para o bem ou para o mal. Que a gente vai se envolvendo e quando acorda não dá mais para recuar.

Lembro-me de ela me dizer:

— O tronco que se deixa levar pelas águas nunca mais atingirá a margem. Se você não tomar jeito, vai pagar muito caro pelas suas atitudes.

Isso me deixava mais bravo ainda, levando-me a sonhar em cuidar da minha própria vida.

Naquela idade, as experiências dos mais velhos eram entendidas como ideias ultrapassadas, e não como sabedoria. Quando ficamos adultos, constatamos que tinham razão e, muitas vezes, só percebemos isso quando já quebramos a cara, contratando um preço alto a pagar, com as terríveis consequências dos nossos atos.

❖

Costumávamos ir para um ponto isolado da comunidade, uma rua sem saída, chamada de Alçapão, onde os jovens se reuniam para beber e fumar. Ali rolava música eletrônica e o baseado corria solto.

Os mais desinibidos não se continham e, muitas vezes, a gente via os carros balançando para cima e para baixo, quase quebrando a suspensão. Era o sexo irresponsável e sem compromisso entre adolescentes. Muitas delas ficavam grávidas e as crianças eram criadas pelos pais ou avós, transformando-se em jovens e adultos desestruturados.

Quase todas as famílias da nossa comunidade abrigavam uma mãe solteira. Triste estatística para as gerações futuras, pois as famílias não tinham condições de educar e preparar esses jovens para a concorrência que enfrentariam na vida. Muitas delas acabavam alimentando um círculo vicioso: semianalfabetas, caíam na prostituição, nas drogas e na criminalidade.

A polícia visitava o local com frequência.

Chegavam em três ou quatro viaturas, com armas pesadas e todos os faróis arregalados. As sirenes ligadas ao mesmo tempo nos deixavam apavorados. Era um corre-corre para jogar as pontas de maconha o mais longe possível. Eles colocavam todo mundo de costas, com as mãos apoiadas no capô dos carros e as pernas separadas. Faziam um baculejo forte que às vezes até machucavam a gente. Quem reclamasse corria o risco de levar uns chutes nas partes íntimas, o que acontecia de vez em quando. Pediam documentos e quem não os apresentava era levado para a delegacia.

Fui conduzido duas vezes para a Delegacia de Menores. Isso me incomodava muito, porque era obrigado a ouvir sermão do delegado e uma enxurrada de reclamação e impropérios da minha mãe. O pior era que, mesmo sendo menor de idade, aquelas ocorrências iam se acumulando em meu prontuário; não importava se não fosse autuado ou processado, a polícia mantinha os registros ativos.

No trabalho, as pessoas começavam a falar do meu comportamento, das minhas falhas e, em determinado dia, fui chamado pelo departamento pessoal para justificar minha conduta. Havia sido contratado pelo programa Menor Aprendiz, e eles não toleravam atitudes irresponsáveis. Por causa da minha mãe, que todos admiravam por criar quatro filhos sozinha, a diretora do programa relevava minhas falhas; mas isso também começava a mudar, pois ela era cobrada pelos outros conselheiros.

A maioria deles acreditava que eu era um caso perdido e deveria ser dispensado do programa. Mas ela me chamava, rezava a cartilha do bom comportamento e exigia o cumprimento das normas. Eu prometia me redimir, no entanto, quando saía da sala, ficava bufando de raiva. Sabia que estava errado, mas o espírito rebelde e contestador sempre falava mais alto.

No fundo, tinha certeza de que mais dia, menos dia seria dispensado do trabalho. Mas, enquanto isso não acontecia, eu ia levando, pois era o que mantinha a minha independência.

CAPÍTULO V

No tempo presente…

A penitenciária é um ambiente insalubre. Imagino que, desde a concepção do projeto, quando são definidas as premissas básicas, um presídio é pensado para coibir o sentimento de pertencimento do ser humano. Diferentemente dos templos, que projetam grandes átrios e grandes vãos, valorizando as torres que quase se encontram com o céu, com o claro propósito de estabelecer a pequenez do homem perante Deus; ou como o mar, que por meio de tamanha grandeza alerta o navegante para respeitar os seus limites; ou ainda o espaço sideral, onde é impossível definir o limiar, a prisão segrega, limita os movimentos, oprime de forma indelével a mente e a alma, fazendo o habitante ocasional sentir-se o mais reles ser humano.

Além de confinar o corpo, a prisão sequestra o espírito de quem é obrigado a conviver dentro de seus limites. O ambiente é gerido de tal forma que anula qualquer possibilidade de melhoria física ou intelectual. A estrutura do Estado não tem interesse em regenerar, pois a concepção de punir está inserida no DNA do sistema.

Se houvesse uma cultura de ressocialização, não haveria a mistura de todo tipo de indivíduo, independentemente de sua índole ou do crime cometido, na mesma ala, na mesma cela, em convívio permanente. Sobreviver a esse formato de gerenciamento sub-humano e, ainda por cima, não se contaminar, é o maior desafio de quem tem a infelicidade de ser condenado por algum crime.

O preceito da privação de liberdade tem como objetivo permitir que o indivíduo que ofendeu a ordem pública reflita e pondere sobre o erro, além de receber do Estado orientações que possibilitem o seu retorno à sociedade.

Muito bonito no papel. A realidade, porém, é outra.

Os presos terminam por viver em celas superlotadas, sujeitos a péssimas condições de higiene, torturas e outras violações, o que coopera para as frequentes rebeliões no sistema carcerário. A situação é de total abandono. Torna o prometido retorno ao convívio social uma mera ilusão. O preso, quando sai da prisão, é outra pessoa: mais frágil emocionalmente, mais violento fisicamente e moralmente destruído. Torna-se uma pessoa desconfiada, agressiva e muitas vezes paranoica.

Enfim, ele sai pior do que entrou.

Além da falta de recursos financeiros para investir no sistema penitenciário, qualquer ideia no sentido de melhorar a situação do recluso é vista com antipatia por parte da sociedade. Somando-se a isso, ainda há má vontade política e a influência da mídia. A indiferença da coletividade como um todo é refletida no dia a dia particular da maioria dos presos. Grande parte dos detentos acaba ficando esquecida por seus próprios familiares. Não é de se estranhar que existam nos cárceres detentos que passam anos sem receber uma visita.

Os presos vivem em celas insalubres, repletas de mofo e infestadas de ratos e baratas. Além disso, comem alimentos estragados. Por isso, no horário do almoço, muitas marmitas são dispensadas na lixeira antes que os presos matem a fome. O odor azedo da comida, misturado ao cheiro de mofo, esgoto e falta de banho dos detentos, torna o ambiente irrespirável.

As condições vivenciadas nas penitenciárias do país refletem a falência do sistema carcerário: o ser humano é jogado no calabouço sem um projeto de recuperação e, quando é reintegrado à sociedade, não sabemos que tipo de indivíduo retornou.

É necessária muita determinação para não se perder. O condenado precisa de uma motivação fora dos muros, ou seja, estabelecer um objetivo para se manter vivo e voltar ao convívio social o menos prostituído possível.

É preciso muita fé em Deus.

Deparar com aquela realidade tão assustadora não foi fácil para mim. Descobri, da pior forma possível, que ali ninguém é tratado como ser humano, e os direitos que todo indivíduo merece, mesmo sendo condenado, não são respeitados de forma alguma. Na minha visão, mesmo o pior elemento, enquanto vivo, e mesmo depois de morto, deve ser respeitado. Não é o caso dos detentos. Suas demandas nunca são atendidas e aqueles que insistem em pedir respeito pelos seus reclames passam a ser penalizados e discriminados. Para ter um pouco de paz, tanto do lado dos bandidos como da parte dos administradores, a melhor pedida é se tornar invisível. Permanecer o maior tempo possível sem ser notado.

— Colocar a cabeça para fora era correr o risco de perder o pescoço — diziam os chefes de gangue e os guardas.

Os presos, inclusive eu, passam a maior parte do tempo ociosos, sem atividade e com pouca mobilidade. Somente uma minoria consegue trabalhar ou se ocupar com alguma coisa. Das 24 horas do dia, apenas duas são aproveitadas para socialização, exercícios físicos ou atividades de lazer. O famoso banho de sol, eternizado nos filmes de Hollywood, é um momento de tensão em vez de relaxamento.

Drogas correm soltas e ninguém escapa de ser pressionado para usar ou traficar. Alguns poucos elementos conseguem ficar neutros, principalmente se os bandidos de verdade, aqueles que compõem o núcleo do crime, imaginam que você goza de certa proteção. O mais importante é não forçar a barra, senão é bem provável que a corda arrebente para o seu lado.

O choque que senti ao me deparar com aquela verdade abalou meu sistema emocional. Perdi muitos quilos, pois não conseguia me alimentar direito. A comida não descia ou causava vômitos e diarreia. O impacto causado pela súbita privação da liberdade, a ausência da família e os rigores da disciplina dentro da penitenciária me deixavam bastante abatido.

Passei noites em claro, imaginando as alternativas que eu tinha para conseguir me livrar daquela situação. Pedi a presença do meu advogado e ele disse que era quase impossível reabrir o meu processo. Eu tinha esperança de que houvesse espaço para um recurso, uma revisão da pena ou, quem sabe, a anulação do julgamento. Havia conversado com Deby e Laila sobre isso, mas, ao fim, entendi que precisava retomar o plano original, que era me preparar física e emocionalmente para aguentar o tempo necessário até a liberdade.

No segundo mês de detenção, passei por uma forte provação. Outrora vigoroso e sacudido, eu me encontrava fraco e desnutrido. A pele amarelada e os músculos flácidos denunciavam meu precário estado de saúde. Um dia, após vomitar tudo que havia comido, fui internado na enfermaria para ser medicado. O médico detectou nos exames uma bactéria no sistema digestivo, mas avaliou que o principal problema era derivado de cunho emocional. Aconselhou-me a tentar aceitar a situação, tirar proveito da minha juventude e recuperar a condição física. Deveria fazer mais exercícios e tentar me alimentar o melhor que pudesse.

Fiquei três dias internado na enfermaria da prisão.

Pelos meus cálculos, já havia tomado uns três ou quatro litros de soro, não sabia ao certo. Nos dois primeiros dias, não consegui comer; depois, devorei os dois pratos de sopa que me foram servidos. As forças voltaram e acreditava que logo mais poderia retornar para a cela. Na verdade, o que eu mais queria era continuar ali, na calmaria silenciosa daquele ambiente, muito diferente dos corredores sujos e mal iluminados da prisão.

A enfermaria era pequena. Havia apenas quatro leitos, e somente os detentos com real necessidade de internação permaneciam acamados. Os males menores eram tratados em ambulatórios e até mesmo dentro das próprias celas. Por isso, logo mais, assim que o médico fizesse a ronda diária, eu deveria ser liberado para voltar ao meu cubículo.

Retornei para a cela determinado a segurar a barra e vencer o trauma inicial.

O médico receitou um ansiolítico para combater uma insônia crônica que me perseguia. Ficava noites inteiras acordado e com olheiras profundas. Aprendi com alguns colegas a melhorar a alimentação. Eles subornavam os guardas e também os encarregados da cozinha. Ficou claro para mim que tudo poderia ser melhor, desde que tivesse a condição de pagar. Eu não tinha reservas financeiras, mas fui socorrido pelos meus irmãos e por Laila, que deixavam um pouco de dinheiro comigo.

Entrei no jogo sujo da prisão e comecei a perceber como o sistema funcionava. Assim, consegui um pouco mais de dignidade na longa jornada que teria de atravessar.

Estabeleci uma rotina sistemática para recuperar minha condição física original. Exercitava-me todos os dias e não descuidei de encontrar o equilíbrio necessário na alimentação. Com o tempo, meu corpo respondeu aos estímulos. Assimilei em minha mente que os dados já estavam lançados, que não adiantava reclamar. Iria enfrentar o desafio de chegar inteiro no fim da minha sentença. Para isso, precisava ficar atento e não descuidar um só minuto de estar o melhor possível comigo mesmo.

Certa vez, enquanto tomava sol no pátio, fui abordado por um senhor bem grisalho, beirando uns 70 anos. Estava tão entretido observando os presos trocarem passes com uma bola, que levei um susto quando ele tocou meu ombro. Sua pele enrugada, seus olhos profundos e penetrantes me fizeram lembrar daqueles anciãos dos filmes de faroeste. A sabedoria e a consciência da comunidade. Perguntou meu nome e começou a falar sobre a prisão. Tive a impressão de que sabia o que eu estava pensando.

— Você é um novato. Tem que exercitar a paciência, pois o tempo é o nosso maior inimigo. Aqui ele passa devagar, como a testar nossa capacidade de aceitação — disse-me ele.

Eu o encontrei muitas outras vezes e, cada vez que ele falava, eu ficava mais impressionado. Dizia, com sabedoria, que para muitas pessoas a prisão era apenas a extensão de sua própria existência.

— Muitas pessoas vivem segregadas em seu próprio mundo. Umas são prisioneiras da discriminação, pela condição social, pela cor da pele ou pela falta de recursos. Outras são limitadas em sua existência pela condição em que nascem, como as mulheres, que, por mais que lutem, são tratadas com inferioridade, necessitando provar todos os dias a sua capacidade.

Também me disse, como se eu não soubesse:

— As pessoas muito poderosas ou endinheiradas são encurraladas em seus palácios e em suas mansões, distantes de tudo, protegidas por muros altos e muitos seguranças. Isto não deixa de ser uma forma de prisão.

Sempre que eu conversava com o ancião — passei a chamá-lo assim —, me dava conta do quanto ainda tínhamos de evoluir como sociedade. Pessoas nascidas em uma família desestruturada, sem estudo e profissão definida, formavam a grande massa de prisioneiros do sistema. Mesmo quem não estivesse em um cárcere, como eu me encontrava, poderia ser uma vítima. Ficariam presas por causa do analfabetismo, do subemprego, da falta de suprimento das necessidades básicas ou pela simples necessidade de sobreviver.

— E ainda existem aquelas pessoas que são prisioneiras de seus próprios fantasmas. Têm medo de se abrir para o conhecimento, para o relacionamento e de se entregarem a alguma causa. Esses eu chamo dos presos de alma — disse-me ele.

Nas nossas conversas, que passaram a ser constantes, ele me contou que era professor universitário. Lecionava Física e fazia pesquisas sobre energia. Eu não entendia bem esses assuntos, mas percebi que era uma pessoa inteligente e bem-preparada. Segundo ele, em uma confraternização de parentes, discutiu com um cunhado. O motivo não poderia ser mais fútil. Eles se desentenderam por causa de times de futebol e posições políticas. No acalorado da discussão e levados pela embriaguez, acabaram nas vias de fato.

Ele estava armado, atirou no cunhado e acertou também a esposa dele. Uma tragédia que o condenou à pena máxima. Já não tinha esperança de sair da prisão, a não ser pela idade, se chegasse vivo até lá.

CAPÍTULO VI

Memórias da juventude…

A Pizzaria e Restaurante Nona Pina, localizada perto da Avenida Hélio Prates, representou um marco na minha vida e na de meus irmãos. O restaurante servia o melhor rodízio de pizzas da região. Além das deliciosas pizzas com massa fina, serviam uma variedade de sanduíches. Lembro-me de que, quando pequeno, minha mãe nos levava até lá.

Eu me esbaldava no X-Salada Duplo. Como era gostoso comer aquele pão recheado com hambúrguer, alface, tomate e milho-verde. O ketchup escorria pelos cantos da boca e a gente passava o costado das mãos para limpar. Ficávamos ainda mais lambuzados, fazendo com que ela chamasse a nossa atenção.

— Tenham modos, meninos. Não foi isso que ensinei para vocês! — bradava ela.

Nós éramos crianças e, nesses momentos, os preceitos e ensinamentos eram relevados. Por mais que minha mãe prometesse nunca mais nos levar para comer sanduíche, sabíamos que eram promessas vãs. Era nossa única regalia diante das dificuldades em que vivíamos.

Na minha juventude, eu e meus amigos passamos a bater ponto na pizzaria todo fim de semana. Era o local ideal para saber dos babados mais recentes da comunidade. O restaurante era bastante democrático. Os garçons atendiam todo tipo de cliente e, assim, se inteiravam das fofocas. E eles gostavam de contar os segredos que ouviam enquanto serviam as mesas. Como eram nossos conhecidos, faziam questão de se mostrarem importantes, passando para nós as informações coletadas.

Às vezes, no fim de tarde, quando voltávamos do trabalho, parávamos para tomar uma cerveja acompanhada de uma porção de pizza no palito e saber das novidades: qual traficante havia sido preso; o que tinha sucumbido em tiroteio com a polícia; quem havia sido pego pulando a cerca. Tudo fazia parte do cardápio de fuxicos.

Os jovens gostavam de frequentar o local, pois, além de ficarem bem à vontade, mesmo com o dinheiro sempre curto, dava para matar a fome.

Foi ali que conheci a Laila.

Ela fazia os pedidos dos clientes nas mesas, levava-os para o balcão de produção e depois trazia as encomendas. Nunca tivera o privilégio de ser atendido por ela, mas a observava todas as vezes que ia à lanchonete. Notava que também me olhava. Só que faltava o ímpeto de aproximar-me dela. Não havíamos trocado uma palavra, até que, certa feita, tive a sorte de ela vir me atender. Abriu um largo sorriso perguntando qual seria o meu pedido. Com a voz saindo aos pedaços, pelo nervosismo, consegui dizer:

— Uma muçarela pequena.

— Já vou trazer. Qual suco você quer? Hoje temos de maracujá e manga — disse ela, com simpatia.

— Pode ser maracujá, por favor.

Detestava suco de manga.

No quintal da nossa casa tinha um pé daqueles bem grandes. Seus galhos frondosos e cheios de sombra vergavam carregados de frutos, que quase chegavam ao chão. Na época da colheita, esbaldávamos de chupar manga, esquecendo-nos de que na hora do almoço e do jantar haveria suco de manga. Fiquei enjoado do sabor e com o tempo deixei de gostar da fruta.

Passei a ser atendido somente por ela.

Mesmo que estivesse ocupada, eu esperava. Quando Laila se afastava para providenciar o pedido, eu ficava com aquele jeito de *cachorro que caiu da mudança*. Olhava para um lado e para outro sem saber o que fazer e de vez em quando percebia ela sorrindo para mim. Ficava esperando, ansioso pelo seu retorno, para poder agradecer e ouvir sua voz suave me dizer:

— Não há de quê!

Ela era diferente, especial. O nome me encantou também. Nunca tivera notícia de uma garota chamada Laila, até que pesquisei esse nome na internet. Descobri que existia uma música do guitarrista inglês Eric Clapton com o nome Layla. Segundo os relatos, era uma homenagem à esposa do seu amigo, o beatle George Harrison. Eles eram amigos do peito, mas, quando a esposa se separou do beatle, Clapton casou-se com ela.

Passei a ser mais assíduo na lanchonete, entretanto, nosso contato não evoluiu. Era bem protocolar: eu fazia o pedido, ela me servia e trocávamos cumprimentos.

O sorriso dela me deixava anestesiado e comecei a sonhar: *Quem sabe um dia nos encontraríamos fora da lanchonete. Poderíamos caminhar pelo parque, as mãos entrelaçadas, falando de sonhos; trocaríamos beijos e carícias e prometeríamos nunca mais nos separar.*

Nas comunidades pobres igual a essa em que vivíamos, a proximidade entre moças e rapazes acontecia de forma diferente das classes mais abastadas. Talvez por vivermos em constante perigo, fosse pela violência ou pela falta de estrutura familiar, de saúde, ou de perspectivas futuras, os jovens não esperavam o amadurecimento para se envolverem sexualmente.

Era comum as meninas ficarem grávidas a partir de 14 anos, e os garotos se tornarem pais antes de completarem a maioridade. Um círculo vicioso que contribuía para uma eterna desigualdade social, em um país tão grande e multifacetado.

Interessante era que eu, apesar de já ter me relacionado sexualmente com várias garotas, sentia pela Laila algo bem diferente. Morena, os cabelos encaracolados caindo pelos ombros, os dentes grandes, um pouquinho abertos, faziam do sorriso dela um encanto. Os olhos negros e penetrantes arrebatavam à primeira vista. Ela tinha um jeito faceiro de andar, como se estivesse desfilando por uma passarela.

Não pensava nela de uma maneira sexual. Ao menos não era esse o meu primeiro desejo. Queria mesmo saber o que ela pensava, como era sua vida fora do trabalho, seus sonhos e tudo mais.

Eu desconhecia, e descobri bem depois, que quando as pessoas agiam desta maneira, era porque a flecha do amor estava acertando o seu coração.

Parola me zoava o tempo todo. Além de duvidar que eu tivesse coragem para pedi-la em namoro, não acreditava que ela me aceitaria.

— É muita areia para o seu caminhãozinho, Jô. Aquela garota só riquinho vai comer — falava ele, em tom de deboche.

Eu não respondia, até porque não tinha certeza também.

Se isso viesse acontecer, teria de ser pela conspiração do destino, pois não me considerava habilidoso o bastante para conquistá-la. O que eu podia fazer era sonhar e continuar por perto. Quem sabe, sobreviria um milagre e aquela joia rara ainda faria parte do meu castelo de sonhos.

Eu havia saído do supermercado dois meses antes. Como já era previsto, meu comportamento irreverente levou a diretora do programa Menor Aprendiz a me dispensar. Ela me chamou na sua sala e com os olhos orvalhados disse que não podia me manter na vaga.

— Todos estão pressionando para te dispensar, Josias. Gostaria de mantê-lo no trabalho, mas você não me ajudou.

Sentia-se culpada e eu até entendia.

No fundo ela se achava responsável pelos garotos, e decepção com algum deles, era uma derrota para ela também. Fiquei um tanto emocionado com a atitude da diretora, mas ouvi o sermão sem demonstrar fraqueza. Assinei a ficha de dispensa e fui para casa. Não contei nada para minha avó e deixei para falar com minha mãe no outro dia. Teria de conversar com ela, pois estava decidido a mudar de casa.

Parola havia me chamado para lavar os carros no estacionamento. Agora, ele era o encarregado-geral e precisava de um ajudante. Disse que me ensinaria a dirigir para que eu manobrasse os veículos. Fiquei todo motivado e aceitei o convite. Ele perguntou se eu não gostaria de dividir o quarto com ele, pois seu parceiro havia se mudado para outra cidade. Era muito comum para os rapazes que saíam de casa dividir a moradia.

No caso dele, já existia a cama e o colchão que o outro rapaz havia deixado, então, eu precisaria comprar apenas os acessórios: lençol, toalha, travesseiro e um cobertor, bem baratinhos. Era o suficiente para mim, e nada diferente do que já estava acostumado em casa. Todas as minhas roupas e os pequenos badulaques caberiam em uma mala. Não tinha nada que demandasse grandes transtornos, e na mudança eu só levaria meus sonhos e minha vontade de vencer.

Era o bastante.

À noite, quando minha mãe chegou do trabalho e serviu o jantar, notou que eu estava mais fechado do que de costume.

— O que você tem, Josias? — perguntou.

Quando ela falava naquele tom, era sinal de alguma coisa mal-arranjada. Ou que estava aborrecida. Nestas horas, chamava os filhos somente pelo primeiro nome, nunca pelo apelido. Era comum que ela gritasse:

— Venha aqui, Débora! O que você está fazendo, Pablo Mateus? Pare de atentar seu irmão, Denilson.

Quando isso acontecia, a gente tomava cuidado com as respostas. Então, olhei para ela, abaixei os olhos e respondi:

— Saí do supermercado, mãe.

Ela não demonstrou surpresa. Me encarou com um olhar indefinido entre compaixão, tristeza e paciência. Por fim, disse:

— Eu já sabia. A diretora me telefonou e contou que havia te dispensado. O que você vai fazer agora?

A conversa não estava sendo tão constrangedora como imaginara. Havia ficado preocupado que minha mãe fizesse outro sermão e me xingasse de alguns nomes bem pesados. Entretanto, parecia resignada.

Suspirei fundo, abaixei a cabeça e respondi, engasgando com as palavras:

— Mãe, vou trabalhar no estacionamento com o Parola. E vou morar com ele. Tem um quarto que ele dividia com um amigo e me ofereceu.

Ela me olhou por algum tempo, depois levantou-se, caminhou até a cadeira onde eu estava sentado, me abraçou e com os olhos marejados disse:

— Tome cuidado, meu filho. Não vá se perder por aí.

Passou as mãos em meus cabelos e, em seguida, foi para o quarto.

Eu demorei para dormir naquela noite. No outro dia, quando meus irmãos voltassem da escola, eu não estaria mais em casa. Eles sentiriam minha falta, mas logo se acostumariam. Não deixaria de visitá-los, e quem sabe até fosse melhor para todos essa minha nova fase de vida. Tinha que esperar para ver.

Parola foi muito prestativo desde o começo.

Como tínhamos quase a mesma idade, ele com 19 e eu já chegando aos 17 anos, nossos gostos eram muito parecidos. Fazíamos nossas refeições em um restaurante perto do estacionamento e à noite saíamos para os barzinhos da redondeza. Vez ou outra, estacionávamos no alto do morro para fumar um baseado. Nessas ocasiões quase sempre acompanhados por Juliano e Mongol.

Pelo que eu notava das conversas deles com o Parola, a impressão que eu tinha é que eles estavam mais do que fumando a maconha. Estavam distribuindo na redondeza e ganhando dinheiro com isso.

— É uma aposta arriscada — pensei comigo.

Mas o que fazer se nas comunidades em que a gente vive isso é encarado de forma natural? Fica sendo até um passaporte para uma vida melhor. Muitos rapazes sonham em conquistar bens materiais, como carro, moto e até um tênis de marca. A maioria não consegue trabalho e usa a relação com o tráfico para atender aos seus anseios. Na maioria das vezes isso acaba mal, mas as pessoas acham que as desgraças só acontecem com os outros e vão levando a vida como podem.

Parola pegou um carro que pernoitava na garagem e fomos até o estádio de futebol. O pátio imenso era o local ideal para as primeiras lições. Sentei-me ao volante enquanto ele me explicava as funções de cada pedal e como controlar tudo ao mesmo tempo.

Ouvia suas orientações, mas não assimilava os ensinamentos. Estava muito nervoso. As mãos tremiam, os pés batiam no assoalho do carro descompassados. Minha camisa ensopada de suor grudava nas costas. Girei a chave na ignição e na primeira arrancada o veículo saltou para frente. Assustei-me e pisei no pedal de freio com bastante força. O automóvel parou tão abruptamente que Parola bateu a testa no para brisas.

— Que merda, mano! Presta atenção onde pisa!

Xingou todos os palavrões de seu vocabulário e fiquei mais nervoso ainda. Algum tempo depois ele se acalmou, explicou o passo a passo mais uma vez e pediu-me que prestasse mais atenção. Na segunda tentativa eu consegui ligar o carro e sair de forma mais controlada. Quando percebi, estava rodando em círculos, pois, em vez de, olhar para a frente, meus olhos não se despregavam do volante.

Parola me explicou para fixar o olhar no horizonte, que a trajetória do carro seguiria o que os olhos determinassem. Com paciência, aprendi a passar as marchas, controlar os pedais e manter o carro no trajeto. Logo fui pegando o jeito. Jovem aprende fácil, essa é a vantagem. Dois meses depois, eu já dirigia a contento.

Quando comecei a movimentar os carros na garagem, houve alguns arranhões, mas os clientes nem notaram. Eu arranjei uma massa especial com um mecânico de uma oficina vizinha e, quando acontecia um incidente, usava o produto na lataria. Depois de lavada, desaparecia com qualquer vestígio na pintura. Quando os clientes detectavam uma pequena avaria no veículo, na maioria das vezes não sabiam como aquilo havia acontecido e deixavam por isso mesmo.

Certa feita, um promotor de justiça alegou que o carro dele havia sido amassado na garagem. Ameaçou abrir um processo contra o estabelecimento caso não fosse ressarcido do prejuízo. Parola argumentou que não havia se dado conta do incidente, e antes que o cliente tomasse atitudes mais drásticas, conseguiu um acordo até vantajoso para nós. Deixou o promotor ficar um mês sem pagar o ticket e tudo se ajeitou. Não sei como ele comprovou esse abono para o caixa, mas ninguém reclamou.

Parola era mestre nesses arranjos e sempre dava um jeito de consertar as coisas, mesmo que fosse da forma errada.

— A gente tem que se virar, mano. O mundo é dos espertos — dizia.

Sempre que passava na Nona Pina, eu ficava encantado ao ver que Laila estava cada dia mais bonita. Os rapazes também só falavam disso.

Os comentários corriam a boca pequena, existindo até um joguinho de apostas de quem seria o primeiro a ficar com ela. Claro que as fichas eram depositadas naqueles mais aquinhoados financeiramente. Mesmo assim, eu não desistiria. Se até então nenhum deles havia tirado a sorte grande, por que não acreditar?

Tudo era possível. Bastava sonhar e persistir.

CAPÍTULO
VII

Ainda na juventude...

Eu tinha deixado o cabelo crescer.

Os fiapos de barba eu raspava, pois eram tão ralos que nem valia a pena cultivar. O bigode, ainda que fino, eu conservava, bem no estilo Clark Gable, um dos grandes atores que eu admirava. Já tinha visto inúmeros filmes dele, na Sessão da Tarde, e ficava impressionado com seu bigode. Nunca vira o Clark Gable de barba, mas o bigode era uma marca de seu personagem. Assisti várias vezes ao clássico E o vento levou, estrelado por ele e por Vivien Leigh, que faturou dez Oscars na academia de Hollywood.

Na véspera de completar 17 anos, Parola me perguntou o que gostaria de ganhar de aniversário, então resolvi zoar com ele.

Não custava fazer uma brincadeira:

— Queria sair com Laila, tomar um sorvete e depois curtir uma música irada. Falar um monte de coisas no ouvido dela — disse, fazendo um gesto com as duas mãos fechadas, como se pedisse uma ajuda divina.

Ele virou-se para mim e respondeu:

— Está se achando, hein, Josias? Virou poeta agora, com essa conversa mole? O que acha de fazermos uma festinha e convidá-la?

Eu continuei zoando com ele:

— Seria o máximo, mas isso não vai acontecer. Ela não é nossa amiga. E nem vou fazer festa nenhuma — respondi e fui cuidar da limpeza de um carro que estava aguardando.

Parola preparou uma surpresa para mim. Aliciou a turma para que se reunisse na casa de um amigo do Juliano, e depois foi à lanchonete e a convidou. Nem precisou inventar um monte de histórias para convencê-la. Disse que era meu aniversário, uns amigos fariam uma surpresa e ela seria muito bem-vinda.

Laila aceitou o convite.

À noite, a galera estava toda lá. Rolou muita cerveja, salgadinhos e os baseados de sempre. A música eletrônica tomou conta do ambiente. Minha mãe apareceu com meus irmãos e ficaram por um tempo. Deby, quase completando 16 anos, estava cada dia mais linda. Eu morria de ciúmes dela. Os rapazes a azaravam o tempo todo, mas ela levava na esportiva. Naquele dia, ela conheceu a Laila e se deram bem.

Perto da meia-noite, a Deby pediu para ir embora, pois tinha aula na manhã seguinte. Parola se prontificou para levá-la e eu fiquei com Laila.

Ela não bebia quase nada e só provou um copo de cerveja. Contou-me que tinha 16 anos, morava com a mãe e a irmã caçula, e que trabalhava desde os 15. Também me disse que terminara o segundo grau e se preparava para fazer o vestibular para faculdade de Enfermagem. Sentindo-me à vontade, falei um pouco de mim.

Contei dos meus irmãos, da minha mãe, da minha avó e do meu trabalho. Nada falei sobre o meu pai, não tinha muito o que dizer sobre ele. Por coincidência, ela também não teceu comentários sobre o dela. Mais tarde, nosso papo caminhou para outros interesses e a noite passou rápido. Olhando o relógio, disse que precisava ir embora.

— Amanhã tenho que me levantar muito cedo. Se ficar mais, vou perder a hora.

Eu peguei um carro emprestado com Juliano e a levei para casa. Na volta, quando virei uma curva, me deparei com uma blitz da polícia. Meu sangue gelou nas veias. Era menor, não tinha carteira de motorista e o carro eu nem sabia de quem era. O guarda fez sinal para encostar.

Em segundos, imaginei furar o bloqueio e desaparecer na escuridão, mas não tive coragem. Liguei a seta e estacionei rente à calçada. Quando o policial pediu a carteira de motorista e os documentos do veículo, eu não soube o que responder. Meu olhar suplicante o desconcertou. Percebeu de cara que eu era menor de idade.

— Não tem documentos, né? Por acaso, você roubou esse carro? — experimentou ele.

— De forma alguma, seu guarda. Um amigo me emprestou — balbuciei

Ele balançou a cabeça, como a ter pena de mim. Perguntei se podia telefonar e ele disse que sim, mas antes me alertou:

— Você está com uma bronca danada, garoto!

Anotou a placa enquanto eu tentava falar com Parola. O telefone não chamava, dando a entender que estava desligado. O guarda voltou acompanhado de outro policial, que parecia ser o chefe. Apontou para mim, dizendo ao superior:

— Esse é o rapaz que não tem carteira, sargento. E sem documentos do carro também.

O sargento se aproximou de mim com ar de superioridade e comentou:

— Menor de idade e sem documento do veículo, bem difícil de resolver. Até para levar para a delegacia é complicado. O que vamos fazer com você, garoto?

Eu não sei de onde tirei coragem para dizer:

— Eu sou trabalhador, sargento. Peguei o carro emprestado só para levar uma amiga em casa. Se o senhor puder me ajudar, ficarei muito grato.

Então, ele deu uma dica que me salvou:

— Grato quanto, rapaz?

Respondi sem pensar:

— Quinhentos. Serve para o senhor?

Poderia ter sido preso na hora por tentativa de suborno de autoridade policial. Mas eu nem cogitei tal possibilidade. Estava desesperado e foi a única coisa que me ocorreu naquele momento. Conhecia inúmeras histórias na comunidade de pagamento de propina a policiais. Os rapazes do meu convívio diziam que muitos desses policiais eram "parceiros" de suas economias.

Ocorre que nem todos eram corruptos, e poderia ser esse o caso. Aliviei quando ele respondeu apontando para o policial:

— Entregue esse babado para o colega, mas arranje alguém para vir buscar o veículo. E não saia por aí dirigindo, senão você vai acabar mal.

Minha sorte foi ter esse valor na carteira. Passei a grana para o policial, agradecendo a Deus pelo fato de o carro não ser retido. Como explicaria isso para Juliano?

Liguei novamente para o Parola.

Dessa vez ele atendeu e pedi que viesse me buscar. Voltamos para a festa, só que eu havia perdido o clima. Sentei-me em um canto da sala imaginando como seria complicado se tivesse sido detido. Ainda bem que o guarda aceitou o suborno. Aquela quantia me faria falta para fechar as contas do mês, mas o prejuízo seria muito maior se o carro tivesse sido apreendido e eu fosse levado para a delegacia. Ainda teria de enfrentar a braveza de minha mãe.

Mais um sufoco que eu escapara por um triz e havia valido a pena.

Conversar com Laila, depois levá-la em casa dirigindo o carro, fez com que me sentisse homem e fiquei orgulhoso disso. O susto havia sido grande, mas estava feliz e realizado.

Enquanto matutava sobre como resolver meus problemas financeiros, Parola me salvou mais uma vez. Dispensou de pagar minha parte no aluguel do quarto, então consegui passar o mês com as contas em ordem. Eu contribuía com uma parte das despesas na casa da minha mãe e, se não fosse a generosidade dele, não teria como fazer isso.

Passei a encontrar Laila uma vez por semana, nas folgas que ela tirava às quartas-feiras.

Fomos ao shopping, assistimos a filmes e trocamos o primeiro beijo. Foi encantador. Eu sabia que tinha encontrado a menina perfeita e estava feliz com isso. A partir dessa constatação, meus sonhos voltaram com toda força: arranjar um emprego melhor, estudar, comprar um carro. Enfim, deslumbrava um horizonte azul na companhia dela.

A responsabilidade com que ela tratava o futuro, esmerando nos estudos, trabalhando e ajudando em casa me constrangia e ao mesmo tempo me motivava a pensar em alternativas para crescer na vida. Sabia que seria difícil, dado meu histórico de desperdiçar ou não criar oportunidades. Mas acreditava que a força de vontade e a determinação poderiam suprir a falta de preparo para o mercado de trabalho.

※ ※

No fim da tarde de uma sexta-feira, logo após o fechamento do estacionamento, Parola me disse que Juliano e Mongol queriam falar com a gente. Fomos ao encontro deles num bar que ficava no centro da comunidade. Depois de algumas cervejas, disseram que haviam comprado dois carros e queriam deixá-los guardados no estacionamento por dois meses. Pagariam adiantado.

Parola suspeitou da proposta.

Como arranjaram dinheiro para comprar dois carros? Por que manter os veículos parados por sessenta dias e ainda esse pagamento adiantado? A coisa cheirava a mutreta e Parola captou logo a oportunidade. Nunca deixava de tirar proveito quando a ocasião se apresentava. Gostava de ganhar dinheiro fácil e o papo dos rapazes abrira uma brecha para isso.

Chamou Juliano para ir ao banheiro e, quando voltaram, estavam acertados.

Os carros ficariam no estacionamento pelo período desejado. Com certeza havia rolado um acordo entre eles. No outro dia levaram os veículos para o pátio, fizeram o contrato e pagaram em dinheiro. Parola orientou que a cada três dias eu fizesse uma manobra para trocá-los de posição, e com isso não chamar a atenção do dono do estacionamento, caso viesse fazer uma vistoria. No intervalo entre duas semanas eles apareciam. Saíam de manhã e voltavam à tarde. Eu desconfiava que existia uma treta bem pesada com o negócio, mas, como não havia sido envolvido, me abstinha de comentar. Tinha certeza de que Parola conhecia o esquema e participava de alguma maneira. Eu preferi fazer vista grossa para os fatos.

Um dia, a polícia apareceu no estacionamento.

Eram uns agentes disfarçados e se identificaram como sendo do DNARC — a divisão de narcóticos. Estavam em busca dos carros. Como os rapazes haviam saído de manhã, os veículos não se encontravam no pátio.

Chamaram o proprietário, fizeram um boletim de ocorrência e lacraram o estacionamento. Nada poderia sair ou entrar enquanto não checassem todos os veículos e documentos. Revistaram cada centímetro e não encontraram nada. Outra equipe saiu em campana para encontrar os rapazes.

Fomos levados para a delegacia e passamos o dia sendo interrogados. No início da noite, o proprietário foi liberado. Parola ficou preso. Crime de tráfico ou receptação de drogas era inafiançável. O processo era muito célere e a condenação bem pesada. Eu fui levado para um centro de custódia porque era menor de idade.

Alguns dias depois, fiquei sabendo que a polícia havia localizado os carros em uma rua da comunidade. Os federais participaram do cerco, houve troca de tiros. Mongol foi baleado, levado para o hospital, mas não resistiu aos ferimentos e faleceu. Juliano foi preso em flagrante, processado por tráfico de drogas e porte ilegal de arma.

Parola passou pela audiência de custódia e continuou preso. Eu tive sorte mais uma vez. Não conseguiram provar minha participação — eu realmente não sabia de nada —, entretanto, já carregava vários registros de passagens pela delegacia. O inquérito me levou à condenação. O juiz sentenciou seis meses internado no centro de recuperação de menores infratores até completar a maioridade. Durante aquele período, não vi Laila.

A condenação caiu como uma bomba em casa.

Minha mãe se desesperou, acreditava que eu jamais me envolveria com negócios ilícitos. Minha avó ficou com mais vergonha da opinião da comunidade do que com pena de mim. Ela tinha preceitos bastante rígidos. Não admitia que eu pudesse me envolver com malfeitores. Recusou-se a me visitar por não querer passar vergonha.

Recebi a visita da minha mãe apenas uma vez.

Deby me visitava toda semana, trazia notícias da família e da comunidade. Contou-me que estava namorando o filho do dono do supermercado e sentia-se feliz. Eu não acreditava que esse namoro fosse dar certo, pois já conhecia o rapaz e sabia que ele tinha uma forte instabilidade emocional. Entretanto, preferi não dizer nada para não ser um desmancha-prazeres.

Foi um período de muita reflexão sobre todas as mazelas que eu conhecia e vivia, e também com minhas relações na comunidade.

Pensava como fazer para o meu destino ser diferente da maioria dos jovens e dos adultos que eu conhecia. Convivia com eles e sabia das poucas possibilidades que possuíamos. Nascera e crescera naquela comunidade, mas não concordava com o futuro reservado para a maioria.

Eu queria ser diferente.

Conquistar um bom emprego, ter uma vida confortável, ajudar minha mãe, meus irmãos e ser alguém de quem eles tivessem orgulho. Só que não adiantava apenas querer. Era preciso lutar por isso.

O que me deixava confuso era saber que, sob o meu ponto de vista, eu lutara sempre. Meus avós haviam lutado. Minha mãe travava uma batalha constante. E não adiantava nada, ao menos era o que parecia. A gente continuava no mesmo lugar. Assim como todos que eu conhecia.

— Será que as oportunidades são diferentes? Uns seriam bem mais aquinhoados que os outros? Ou tínhamos as mesmas chances e não sabíamos aproveitar? — matutava.

Eram questionamentos tolos.

Eu sabia que as oportunidades são diferentes, dependendo do ambiente onde você nasce e é criado, como também do preparo intelectual.

O rompimento da barreira social às vezes acontecia, mas dependia de muitos fatores. Principalmente de não ser contaminado pela dicotomia de nossa sociedade. Tão próximo do poder, da riqueza e tão longe das oportunidades que esse mesmo poder e essa mesma riqueza eram capazes de gerar. Fartura e necessidade convivendo lado a lado. Luz e escuridão projetavam futuros tão próximos e ao mesmo tempo incomunicáveis.

Em momentos de extrema melancolia eu acreditava que a culpa era minha. Que não tinha determinação e persistência.

Já havia abandonado a escola, perdera o emprego e ainda me encontrava encarcerado, pagando por um crime que não tinha cometido. Por mais que tivesse jurado inocência, o juiz não acreditou. Disse que seria um tempo de reflexão para que eu pudesse avaliar as minhas escolhas.

E havia Laila.

Queria lutar por ela, por mim, por minha família. Romper com a barreira das necessidades e construir um futuro. Não podia me acomodar, teria de encontrar uma forma de mudar as coisas.

Mas eu não via saída. Como abrir as portas, se elas pareciam estar todas trancadas?

CAPÍTULO VIII

Outras lembranças do passado...

Saí do centro de recuperação no dia em que completei 18 anos.

Não sei dizer qual foi a minha sensação ao cruzar o portão. Por um instante fiquei apreensivo, depois a euforia tomou conta de mim. Retomava a minha vida. Era uma manhã ensolarada e o vento quente bateu em meu rosto de forma diferente. Havia ficado confinado durante seis meses. E, para mim, sem motivo.

Claro que eu sabia qual fora a acusação: participar de esquema criminoso de venda e distribuição de drogas. Mas, na minha cabeça, como eu não me envolvera com nada, havia sido penalizado injustamente. Entretanto, não adiantava chorar o leite derramado. Isso já fazia parte do passado. Estava solto, era o que importava.

Deby me esperava no portão, Deni estava com ela. Nos abraçamos, choramos e, quando nos acalmamos, entramos em um táxi, deixando aquele passado para trás.

Como havia perdido a moradia que dividia com Parola, voltei para a casa. Minha mãe estava de folga e preparou um bolo de chocolate para meu aniversário. Deby havia comprado um celular para mim. Não era daqueles de última geração, mas serviria muito bem. O meu antigo aparelho nem funcionava direito.

Senti falta da minha avó, que havia sofrido um infarto e estava internada no Hospital Regional da Ceilândia, um centro de referência para a região. Seu estado não era bom, pois, além do problema cardíaco, a pressão estava descontrolada, a diabetes muito elevada e a pneumonia insistindo em atacar seus pulmões. Muitos problemas para uma saúde debilitada pela idade e pelas dificuldades da vida. Era uma guerreira que nas minhas contas passava dos 85 anos. Na verdade, eu nunca soube a idade dela. Havia atravessado gerações com aquele ar sisudo, ao mesmo tempo amoroso, das pessoas dedicadas a proteger a sua prole.

Quando fiquei sabendo de sua internação, me culpei por não a ter apoiado de perto. Tinha consciência de sua debilidade e o quanto precisaria de mim. Apesar da minha fase rebelde, por assim dizer, eu era muito ligado à família. E saber que aquela pessoa tão forte e resoluta, que amparou sua família sem nunca esmorecer, estava em fase tão difícil, deixava-me dilacerado. E naquele momento triste eu estava longe, por motivos não tão nobres, que ela abominava.

Na quarta-feira, eu me dirigi ao hospital para visitá-la.

Muitas outras pessoas também esperavam pelo momento de confortar seus parentes ou, no mínimo, saber como eles estavam. O Hospital Regional de Ceilândia (HCR) era o único alento para as pessoas sem recursos, sem planos de saúde, como os moradores da nossa comunidade. Mantido pelo Sistema Único de Saúde, o hospital lutava contra a falta de verbas, de equipamentos e de material humano. Apesar dessas dificuldades, era uma benção para quem não tinha alternativas.

Olhava para aquelas pessoas e pensava como eram fortes e determinadas. Lutavam a vida inteira contra as carências, o desnível social e a falta de oportunidades. Não conseguiam arregimentar nada além do necessário para a sobrevivência e, quando chegavam ao fim da vida, alquebrados pela luta diária, precisavam encontrar forças para não se desesperar.

A grande maioria, como nós, não podia pagar um plano de saúde. As carências eram tantas que falar em comprometer uma parte do pouco que não tínhamos com prestações mensais, mesmo que para garantir um atendimento digno, era impensável.

Talvez, para quem tivesse condições, essa conversa nem valesse a pena. Os funcionários de ministérios, autarquias e órgãos do governo já recebiam a assistência médica e social como parte de seus benefícios. Os ricos, mesmo não sendo servidores públicos, podiam contratar seus planos privados e frequentar hospitais de primeira linha. Entretanto, para nós, em face das dificuldades, só poderíamos contar com a sorte e a boa vontade dos profissionais, para um atendimento com um mínimo de dignidade.

A saúde não deveria ser um bem negociável. Está previsto na Constituição Federal, artigo 196.

> *A saúde é direito de todos e dever do Estado, garantido mediante políticas sociais e econômicas que visem à redução do risco de doença e de outros agravos e ao acesso universal e igualitário às ações e serviços para sua promoção, proteção e recuperação.*

Mas, como outros princípios e normas, esse também é muito bonito no papel. Entretanto, na fila do hospital, nas madrugadas frias à espera de um atendimento, essas formalidades perdem o sentido. Ali, se não fosse a benevolência de alguns profissionais diferenciados, a vida não valeria nada. Para a maioria, o que conta mesmo é o cartão do plano de saúde ou a conta bancária.

Gostaria que isso mudasse.

A porta do hospital foi aberta e entramos.

Após atravessar um corredor todo branco, adentrei na enfermaria. Entre vários internados, minha avó estava deitada na cama com um cateter no nariz para ajudar na respiração. No braço de pele murcha e sem viço, com muitas veias estouradas, uma mangueira fina levava o líquido que descia do soro pendurado acima de sua cabeça. Era o retrato da decadência física. Segurei as lágrimas e engoli em seco. Aproximei-me, sentei-me na beirada da cama e apertei suavemente o seu braço. Ela moveu a cabeça e seus olhos me fitaram. Uma luz infinita brilhou naquelas pupilas esverdeadas. Um esgarço de sorriso movimentou seus lábios e ela disse:

— Jô!

Eu tentei sorrir e passei a mão no seu cabelo branco. Ela levantou o braço tentando afagar meu rosto. Abaixei um pouco o corpo e ela continuou.

— Que saudade, meu filho. Como você está bonito!

Essa era a minha avó. Sempre me considerou como um filho. Talvez porque minha mãe tivesse engravidado muito cedo, ela havia chamado essa responsabilidade para si. Toda vez que falava comigo e com Deby, ela dizia "filho" ou "filha".

Cheguei bem perto de seu ouvido e sussurrei.

— É muito bom te ver, vozinha. Você precisa voltar logo para casa. Estamos todos com saudades.

Ela voltou a sorrir e, me fitando, duas lágrimas escorreram por suas faces. Cerrou as pálpebras segurando a minha mão. Logo mais adormeceu. Eu me desvencilhei devagarinho e a deixei repousar. Fiquei por um tempo sentado, observando seu peito arfar com dificuldade. Quantas batalhas ela havia lutado sem fraquejar. Quantos desafios para nos criar, enfrentando todas as carências próprias das pessoas menos favorecidas.

O tempo é implacável, pensei.

A velhice consegue retratar a finitude do ser humano. Alquebrada e fraca naquela cama, não parecia jamais com aquela mulher forte e destemida que sempre fora.

Saí do hospital sem rumo e caminhei por um longo tempo. Sentei-me no banco de uma praça para organizar os pensamentos, mas não consegui me concentrar em nada. Sentia que de alguma forma estava perdendo uma parte de mim. Por mais que saibamos da finitude da vida, nosso inconsciente trabalha com a hipótese de que viveremos para sempre, e ver minha avó definhando me deixou atormentado.

Algumas horas depois voltei para casa.

Precisava retomar a minha vida. Fiz algumas ligações para antigos contatos, na tentativa de arranjar um emprego, e à noite fui até ao Nona Pina, para encontrar Laila. Como não a vi, perguntei se estava de folga. Uma das atendentes me contou que ela havia saído há mais de dois meses e trabalhava em uma clínica de vacinação. Me passou o celular e decidi que ligaria no dia seguinte. O meu encontro com ela seria muito importante, pois faria parte da minha retomada.

Eu havia perdido o contato com a Laila logo que fui sentenciado. Antes, nos encontrávamos duas vezes por semana e tudo estava indo muito bem. Com o acontecimento, eu fiquei envergonhado e não pude encará-la. Era penoso para mim, não queria que ela tomasse parte nos problemas em que havia me metido.

Mesmo não tendo me envolvido diretamente, tinha consciência de que havia algo errado. Poderia ter me rebelado, saído do estacionamento e procurado outro emprego. Mas não. Deixei as coisas rolarem, fazendo vista grossa ao malfeito e acabou dando tudo errado. Mas estava pronto para encontrá-la, e faria isso assim que houvesse uma oportunidade.

Em uma das visitas que me fez, Deby me dissera que ela perguntou por mim e que esperava um contato meu, entretanto, eu preferi manter-me distante.

Por duas vezes voltei ao hospital para visitar minha avó. Ela havia entrado em coma e os médicos não davam muita esperança. Minha mãe estava arrasada. Não acreditava na sua recuperação. A gente não falava, mas o tempo em que ela ficou internada nos fez ver que talvez fosse melhor ela descansar do que insistir em viver daquela forma.

Quem sabe, entrar em outra dimensão seria um caminho melhor do que passar por aquele martírio. Ela já cumprira sua missão nessa terra, onde plantou o ensinamento da retidão, do caráter e da determinação, então nem era justo ficar sofrendo para continuar uma batalha perdida. Iria se encontrar com seus antepassados, seus entes queridos, e lá de onde estivesse velaria por nós.

Em uma manhã fria de outono, ela se foi.

Nenhum parente nem conhecido estava presente. A enfermeira-chefe nos chamou e disse que ela simplesmente dormiu e não acordou mais. Havia desistido de lutar. Refleti sobre isso, vendo que, às vezes, nos momentos mais tristes ou sofridos, quase sempre estamos sozinhos.

A morte é uma passagem certa para todo ser humano, entretanto, nunca saberemos o que se passa com a pessoa naqueles momentos finais. Será que ela gostaria de se despedir, de ter algum ente querido ao seu lado para confortá-la naquele momento? Não sabemos, pois não estávamos lá. Fica apenas a imaginação do que poderia ter sido.

O velório foi um evento quase familiar, ao qual poucas pessoas compareceram. Laila veio dar-me os pêsames e tivemos a oportunidade de conversar. Percebemos que, apesar dos constrangimentos causados pelos fatos relacionados à minha condenação, a gente voltaria a se entender. Gostávamos um do outro.

O ambiente em nossa casa estava muito diferente. Não sei se pelo fato de todos já estarem crescidos, cada qual se isolava em seu mundo particular e as conversas não eram mais divertidas ou despretensiosas como antes. Minha mãe continuava saindo cedo para o trabalho, chegava cansada e a rotina se impunha. Deby, trabalhando e namorando, tinha pouco tempo para conversarmos; meus irmãos, envolvidos com jogos de celulares e amigos da idade deles, tinham suas próprias prioridades.

Talvez, pelos seis meses que passei isolado, sentisse falta de mais calor humano e confraternização. Imaginei que na minha volta tudo seria como antes, mas constatei que tudo mudara, e que o passado se resumia às lembranças daquilo que vivemos, sejam boas ou más. O importante era saber lidar com as mudanças e não viver de nostalgia, fazendo com que cada momento, por mais diferente que fosse, valesse a pena.

Minha avó deixou um vazio profundo em nossa vida.

Com a ausência dela, pude perceber como o seu silêncio era revelador. Sentada naquela cadeira trançada, calada e nos observando, ela enchia o ambiente de vida e segurança. Percebi que muitas vezes não damos o devido valor às pessoas que estão ao nosso lado, deixando-as relegadas a um segundo plano, enquanto para desconhecidos estendemos um tapete vermelho. E, somente quando elas partem, nos deixando para sempre, é que percebemos que poderíamos ter feito mais.

A presença da minha avó foi um marco indelével na nossa formação. Como muitas outras famílias, nós tivemos uma casa guiada por mulheres. Meu avô partiu muito cedo, vítima daquele acidente de trabalho. Meu pai não conseguiu segurar as pontas de um relacionamento tumultuado com minha mãe e buscou outro caminho. Ficamos, então, eu e meus irmãos, sob os cuidados de duas mulheres fortes e guerreiras, que assumiram suas responsabilidades e jamais fugiram do encargo de nos criar com amor e segurança, dentro das condições limitadas que elas tinham.

O que me entristecia era que essa situação não era um privilégio da nossa família. Vinte e um milhões de lares brasileiros eram chefiados por mulheres, representando mais de 30% das famílias brasileiras, e com tendência de crescimento a cada ano. Uma triste realidade.

CAPÍTULO IX

Doze anos antes...

· ■ ■ ·

Foi difícil retomar a minha vida.
    Os seis meses confinado no Centro de Reabilitação de Menores deixou-me com profundas cicatrizes. Perdi a autoconfiança, a energia positiva, e por mais que eu tentasse, estava sempre em conflito com minha consciência. Fiquei inseguro, cheio de contradições. Cobrava de mim mesmo uma resposta por tudo que havia acontecido. Como se houvesse maneira de voltar atrás e fazer diferente.

    Mesmo vivendo em comunidade pobre, onde eu coabitava com os malfeitores e conhecia seus hábitos, a experiência de ficar confinado por tanto tempo naquele ambiente virou minha vida de ponta-cabeça. Conhecer e compartilhar aquela realidade cheia de problemas, marcada pelo excesso de ocupantes nos quartos, falta de ventilação e, principalmente, de estruturas inadequadas nas áreas educacionais, de saúde e de formação profissional, abalaram ainda mais minhas crenças no futuro.

    Quando encontrava as pessoas na rua, e também em muitas entrevistas de emprego, achava que elas me julgavam pelo acontecido. Mesmo quando nem sabiam do meu passado, eu não conseguia me abrir. Parecia que carregava uma placa dizendo que era um malfeitor, que havia saído de um centro de recuperação e dificilmente as pessoas confiariam em mim.

    No centro de reabilitação havia uma psicóloga que tentava preparar os internos para enfrentar os momentos fora da prisão. As orientações dela eram importantes e ajudavam, mas era só quando ficávamos frente a frente com o problema que entendíamos o tamanho do desafio.

Bati em muitas portas em busca de trabalho, mas tinha a impressão de que não acertava o endereço de uma vaga. A pressão tornava as coisas mais difíceis, pois a falta de perspectiva acabava tirando a motivação. Sem dinheiro, fazia um bico aqui outro ali, mas nada que garantisse uma vida digna. Do que eu precisava mesmo era um trabalho fixo para conseguir prover o meu sustento. Não podia ficar dependendo da minha mãe, que já tinha grande responsabilidade em casa e com meus irmãos.

Deby estava cada dia mais envolvida com o garoto mimado, filho do proprietário do supermercado — e muito empolgada, por sinal. Eu o conhecia superficialmente, já tivera até um desentendimento com ele, e por isso tinha lá minhas dúvidas se dariam certo. O garoto demonstrava muita insegurança, vivia metido em confusões com outros rapazes, sempre chamando o pai para livrá-lo das broncas.

A família era rica e com muitas posses. O avô havia começado o negócio com um pequeno empório e, quando o filho assumiu, teve as condições ideais para expandir. Foi naquela época que a minha mãe começou a trabalhar com eles. O negócio prosperou e a rede contava com mais de dez lojas, empregando quase seiscentos funcionários. Uma potência para a região.

O normal seria o rapaz assumir a continuação do negócio, mas ele só pensava em desfrutar da vida boa que o pai lhe oferecia, razão pela qual eu sentia que o namoro poderia dar problema.

Caco e Deni, diferentemente de mim, iam bem na escola. Quem sabe seriam mais persistentes e conseguiriam subir um degrau mais alto. Eu continuava me encontrando com Laila e o sentimento de pertencimento aumentava. Havíamos nascido um para o outro, eu tinha certeza. Mas como formar uma família nas condições em que me encontrava? Sem emprego fixo nem casa para morar. Pensar em um financiamento habitacional estava fora de cogitação. Não tinha renda comprovada. Ela trabalhava, mas o rendimento era pouco e mal dava para pagar a faculdade e ajudar em casa.

Falávamos disso, e também de que forma poderíamos romper essa couraça que nos prendia e nos deixava sem ação. Os entraves para pessoas como nós eram muito grandes. Para qualquer demanda, precisávamos de comprovar nossa capacidade financeira: endereço de moradia (às vezes, no nome da própria pessoa), informação de rendimentos, declaração de imposto de renda. Eu ficava enraivecido quando o pessoal perguntava sobre o nosso *score*.

Não tínhamos nada disso. Para dizer a verdade, nem sabíamos o que essa palavra significava.

Queríamos apenas trabalhar para ter uma vida digna, nada mais que isso. Entretanto, se a pessoa não tivesse uma forte determinação, não superaria essas barreiras, que às vezes eram invisíveis, mas, de alguma forma, sempre presentes.

Eu sabia da existência de civilizações onde o *apartheid* social era mais latente, mas, em nosso país, e principalmente nas comunidades pobres, a burocracia criava obstruções às vezes instransponíveis. E eu acreditava que dificilmente seria rompida.

Desde cedo, convivíamos e enfrentávamos as carências próprias da nossa realidade social: baixa escolaridade, escassos rendimentos, nenhuma preparação para enfrentar o mercado de trabalho, cada vez mais exigente. O máximo que conseguíamos era nos ocupar com um subemprego, ganhando um salário-mínimo e na maioria das vezes sem carteira assinada, o que tirava a oportunidade de garantir os benefícios sociais.

Sorte da nossa família ter uma casa para morar. Meu avô livera forte determinação para garantir um teto para a família.

A maioria dos moradores, além de ganhar pouco, ainda precisava destinar uma parcela para o pagamento de aluguel, asseverando ainda mais as dificuldades para uma vida digna. Eu me revoltava com as desigualdades.

A gente morava tão perto dos poderosos, que desfilavam em seus carros de luxo, escondidos por vidros pretos intransponíveis, enquanto mal tínhamos o que colocar no prato no fim do dia. Por outro lado, eu sabia que quase nada se podia fazer, a não ser acreditar que um dia tudo pudesse mudar e então poderíamos viver com mais dignidade.

Fiz um treinamento básico de vigilante, com a duração de vinte dias, ao custo de seiscentos reais.

A empresa prometia encaminhar para o emprego ao fim do curso, o que me animou. Eles indicaram para uma vaga alguns dias depois da conclusão, mas, quando fui confrontado com o meu prontuário, a vaga desapareceu: anotações, apreensão e condenação, cerraram as portas para mim. Não sei como eles conseguiram todas as informações, mas estava tudo lá.

Mais uma vez, não consegui vestir aquela farda bonita.

Por mais dois meses estabeleci a rotina de sair de manhã, entregar currículos até o fim da tarde e esperar por uma chamada. Como não havia retornos, comecei a fazer bicos de auxiliar de pedreiro, recebendo uma diária de oitenta reais por dia. Esse valor mal dava para as necessidades básicas, mas era melhor do que ficar parado. Ao menos estava me movimentando, sentindo-me útil de alguma forma.

Naquela época, gastei quase tudo que tinha para tirar minha carteira de motorista, incluindo a categoria de motocicleta. O que me fez segurar as pontas foi o apoio que tive de minha mãe e de meus irmãos, que me admiravam e achavam que o mundo estava sendo injusto comigo. Eu era um exemplo para eles. Sempre fora a figura substituta do pai que nunca tivemos. Era uma visão um tanto romântica, mas isso acontecia com muitas famílias pobres. Para essas pessoas, e não era diferente lá em casa, o lema era culpar os outros e nunca assumir a mea-culpa.

O problema quase sempre estava nos mais ricos, no governo e nas autoridades. Nunca na falta de preparo intelectual, de cursos profissionalizantes e talvez de relacionamentos, que infelizmente não tínhamos.

Não poderia dizer para eles, mas as minhas escolhas determinaram as dificuldades que eu enfrentava naquele momento.

※ ※

Eu não gostava de entidades de classe.

Associações de moradores e sindicatos, na minha concepção, eram ocupados por gente que não queria trabalhar. Eu os imaginava manipuladores e com interesses obscuros. Quase sempre com promessas vãs e eleitoreiras. Para mim, era tudo política, e desta seara eu queria distância. Com o tempo, percebi que somente a política pode mudar as coisas, desde que feita por pessoas bem-intencionadas. E não só a política partidária, mas a política de classes, a política social e a política de Estado.

Aprendi que, quando os bons se afastam, os maus ocupam seus lugares. E isso, normalmente, faz as coisas piorarem.

Um amigo me convenceu a assistir uma palestra na associação de moradores do bairro. Um professor universitário vinha toda quarta-feira à noite falar com as pessoas. Tentava ajudá-las a se posicionar frente às dificuldades que enfrentavam diariamente: busca de empregos, cadastros para benefícios sociais, entre outras coisas.

— Não custa participar. Quem sabe aparece alguma coisa — dizia-me ele.

Cheguei na associação meio ressabiado, observando o que estava acontecendo. Na porta tinha uma moça com um livro e uma caneta. Ela anotava nome, telefone, endereço e profissão. Eu não tinha profissão. Coloquei auxiliar, ela anotou e ficou por isso mesmo. Umas quarenta pessoas já se encontravam no local. Sentei-me em um canto e, enquanto aguardava, observei o semblante delas. A maioria carregava uma expressão de esperança, como se aquele galpão fosse o último bastião a vencer na conquista de dias melhores. As mulheres conversavam baixinho com seus maridos. Os filhos prestavam atenção na atitude dos pais. Alguns se apresentavam, e acabavam descobrindo que tinham as mesmas origens.

Um rapaz moreno, de altura média, camisa de mangas compridas e óculos de aro fino postou-se na mesa colocada em frente e deu boa noite. Disse que fazia parte de uma ONG e estava ali para tentar ajudar os menos favorecidos ou, pelo menos, discutir como encontrar caminhos para melhorar. Conhecer as carências, explicar os direitos e abrir a cabeça para as oportunidades.

Fiquei pensando naquelas palavras e não encontrei nexo. Eu sabia das carências, pensava conhecer os meus direitos, mas não entendia como criar oportunidades sem apoio e sem recursos.

Ele falou ao microfone:

— Vivemos em comunidade e ao mesmo tempo somos absolutamente solitários. Cada qual tenta sobreviver da forma que consegue e na maioria das vezes só colhe mais adversidades. Nós precisamos nos unir em busca de soluções. Pressionar os detentores do poder. Sejam eles o vereador, o prefeito, o governador ou o presidente da república. Para isso, devemos criar pautas de reivindicações, buscar apoio da imprensa e das entidades representativas, como a igreja e a escola.

Ficou uns segundos em silêncio observando a reação das pessoas. De forma pausada, continuou:

— O poder econômico e o poder político dominam tudo. Eles são organizados, metódicos e influentes. Nós somos invisíveis para o sistema. Somos números em planilhas estatísticas. Precisamos que nossas vozes sejam ouvidas e nossas necessidades atendidas. Esse país é rico, e a riqueza é de todos nós.

Ele parou, respirou fundo e finalizou:

— Não deixem de participar. Fomos nós, com os nossos votos, que os colocamos lá, então temos o dever de acompanhar e cobrar. Dessa forma, seremos uma grande corrente de união para conseguirmos que nos ouçam.

As palavras bonitas daquele professor calaram fundo nas pessoas presentes. As reuniões ficaram mais concorridas, muitas pessoas foram se juntando e logo marcaram algumas manifestações. Visitamos a câmara legislativa e alguns deputados distritais se comprometeram a ajudar. Na sede da região administrativa fomos recebidos pelo administrador regional. Ele apareceu na comunidade prometendo atender nossas reivindicações. Fizeram algumas melhorias na iluminação pública, asfaltaram algumas ruas, reformaram a creche e a escola.

Mas, especificamente para mim e para os outros moradores, nada mudou.

Continuávamos com a nossa luta diária pela sobrevivência, vivendo um dia de cada vez, e ainda sem perspectivas. De que adiantava reunir e formar comissões, reuniões e palestras, se o que precisávamos era comprar alimentos e pagar as prestações? Era a nossa realidade, nua e crua. Viver ou desistir.

Mesmo soando distante do nosso cotidiano, de alguma forma pudemos entender que existe uma demanda pessoal e outra coletiva. Que na maioria das vezes elas estão umbilicalmente ligadas. Para mim, ficou claro que uma sociedade que entende a vida em coletividade conseguirá viver melhor. Promover a interação e encontrar meios de melhorar a vida de todos era o desafio.

O professor foi para outra comunidade, deixando um preposto no local para comandar os trabalhos, e as reuniões ficaram menos concorridas.

Eu deixei de participar, pois não estava encontrando motivação naquilo. Precisava de algo concreto para me agarrar e, se não focasse, não teria a mínima chance de conseguir. As palestras me ensinaram que as dificuldades precisavam ser enfrentadas. Entretanto, elas não eram prioridade da elite dominante. Eles estavam envolvidos com outros propósitos.

O professor nos dizia:

— A pobreza é o retrato da falta de oportunidades. Se não houver vontade política para combater a desigualdade, investimento na educação, na qualificação e no sentimento de pertencimento, todas as batalhas serão perdidas, e o estrato social continuará tão desigual como sempre foi. Enquanto milhões são gastos em atividades não essenciais, a criação de oportunidades é tratada com descaso pelas autoridades. A raiz do problema não é atacada: melhorar a educação e diminuir a pobreza. Dar o mínimo de dignidade e cidadania para as pessoas. Do contrário, sempre viveremos como mendigos sociais.

Eram palavras bonitas, que às vezes nem sabíamos o significado. Entretanto, dentro de cada um de nós isso era uma verdade incontestável.

Depois de muito procurar, consegui ser fichado como auxiliar de pintor em uma construtora. Meu serviço era regularizar as paredes com uma lixa, deixando o espaço preparado para receber a demão de tinta. Não era muito difícil, apenas o pó que emanava das estruturas lixadas incomodava um pouco. Com o tempo, aprendi a misturar as tintas e me tornei oficial de pintura. Outro rapaz passou a fazer o serviço de preparo. Com essa promoção, meu salário foi ajustado e comecei a organizar as finanças. A construtora tinha uma demanda grande por obras e o mestre gostava do meu trabalho.

Com minha carteira assinada, recebendo o salário em dia, senti-me pela primeira vez fazendo parte de um processo coletivo e organizado. Percebi a diferença entre a segurança do emprego e a dura realidade de não ter a garantia do amanhã.

Comprei uma moto para facilitar o deslocamento entre minha casa e o trabalho. Voltei a ajudar a minha mãe com as despesas de casa e comecei a procurar um local para fixar minha residência. Queria morar sozinho, ter meu espaço e me preparar para cuidar de Laila.

Ela havia passado no vestibular e conseguido uma vaga na faculdade de Enfermagem. Começou a frequentar o primeiro semestre com muita empolgação, dividindo o tempo entre a clínica, a escola e o que sobrava para mim. Conheci a mãe dela, dona Beatriz, no dia que ela completou 18 anos. Uma confraternização bem pequena, para a qual apenas as amigas mais íntimas foram convidadas.

Deby compareceu com o namorado, que não se entrosou com ninguém. Ele cultivava um ciúme doentio da minha irmã, sufocando aquele jeito espontâneo que ela sempre tivera. Minha mãe me disse que ela vivia reclamando da possessividade dele. Não podia nem olhar para o lado que ele arranjava uma confusão.

Deby, nesse ponto, havia saído à dona Marisa. Apaixonara-se pelo rapaz e relevava esse comportamento, acreditando que ele mudaria.

CAPÍTULO X

Dez anos antes...

· ▪ ▩ ▪ ·

Dois anos depois, com a segurança que me dava o emprego na construtora e uma pequena reserva que eu consegui fazer, pedi Laila em casamento. Tínhamos certeza do nosso amor e da vontade de construir uma família. O pedido foi bem recebido pelos familiares dela, a mãe e a irmã caçula. O pai havia falecido quando ela ainda era criança. Não deixamos de ouvir comentários maldosos de uma tia, dizendo que Laila merecia *coisa melhor*: um comerciante ou um advogado, e não aquele tipo de marido, que, na avaliação dela, não tinha onde cair morto.

Esse tipo de pessoa existe em toda parte e nunca vai desaparecer.

Em vez de olhar para o próprio telhado, muitas vezes cheio de buracos, fica jogando pedra no quintal dos outros. São invejosos e maledicentes. Nunca estão felizes com aquilo que possuem e desejam que a sua infelicidade seja o destino das outras pessoas.

Quase sempre provam do próprio veneno.

Não nos deixamos influenciar por essas detrações. Tínhamos coisas mais importantes para fazer.

Aproveitamos o período de noivado para organizar os preparativos, encontrar uma casa para alugar e comprar os móveis. Tanto minha mãe quanto a de Laila se dispuseram a permitir que morássemos agregados às suas casas. Isso era comum na nossa comunidade. Os filhos sem condições financeiras de comprar ou alugar um imóvel passavam a morar com os familiares, ou construíam puxadinhos nos pequenos quintais, ajeitando-se como podiam. Mesmo com todas as dificuldades, queríamos ter nosso cantinho. Por isso, agradecemos a oferta e alugamos a nossa própria casa.

Era pequena, mas bem cuidada.

Laila deu um toque especial nas cortinas e nos detalhes decorativos para ficar aconchegante. Cada cantinho foi pensado com cuidado especial. Não havia luxo, mas conseguimos fazer com que ficasse a nossa cara. Afinal, era ali que iríamos adubar nossos sonhos e colher a realidade de nossas vidas.

O casamento foi uma cerimônia simples.

Usamos nossas economias para estruturar o início daquela etapa, então não podíamos dispender com gastos extras. O importante para nós era a presença da família e dos poucos amigos que convidamos. Estávamos felizes e realizados, e isso bastava.

Um ano após o casamento, nasceu Akira, nosso filho, que encheu a casa de alegria e felicidade. Laila havia terminado a faculdade de Enfermagem e trabalhava em uma clínica popular em Ceilândia, localizada perto da nossa casa. O horário de trabalho era um tanto complicado: ela ficava doze horas seguidas no plantão e folgava por 36 horas. Durante o dia, minha sogra cuidava de Akira e, à noite, eu tomava conta do bebê. Passei algumas noites em claro, cuidando de dores de ouvido e cólicas do pequeno rebento. Quando meus amigos me contavam dessas jornadas noturnas eu achava exagero, mas, agora, vendo as olheiras que eu havia adquirido, senti o peso da realidade.

Isso me deu a exata dimensão de como o convívio e o compartilhamento das obrigações é um fator determinante para a harmonia familiar. Com os poucos recursos que possuíamos — casa, emprego, assistência social —, nos sentíamos inseridos no sistema. O compartilhamento das tarefas domésticas nos tornou mais cúmplices. Um mundo cor-de-rosa, dentro de um turbilhão de necessidades.

Lembrei-me daquela reunião na associação dos moradores, quando o professor falava e poucos entendiam a sua mensagem:

— A maioria de vocês são invisíveis, não dividem o bolo e vivem à margem da sociedade organizada, sem conhecer seus direitos nem poder cobrar por eles. A fragilidade do amparo aos menos favorecidos passei a sentir na pele quando possuía o mínimo necessário para uma vida digna.

Eu tinha preocupação com meus irmãos, que estavam chegando na fase de escolher seus próprios caminhos. Caco era bastante centrado, tirava boas notas e dedicava-se aos esportes. Gostava de jogar futebol e sonhava com a carreira militar. Fazia-me lembrar de quando eu também queria ser marinheiro.

Havia desistido muito fácil.

Na época, não fiquei me punindo; depois, o sonho se tornou apenas uma lembrança. Não havia condições objetivas para que eu conseguisse realizá-lo e acabou ficando para trás. Com Caco era diferente, ele estudava no colégio militar e já havia se decidido a prestar as provas para ser um oficial da polícia.

Estranha ironia.

De todas as fardas era a que eu menos gostava, e pelo que indicava teria um parente vestindo-a. Mas se isso era a realização do sonho dele, eu torcia para que desse certo e ele fosse feliz.

≫· ·≪

O namoro de Deby com Ramiro caminhou para o casamento.

Desde o início, era uma relação tumultuada, o que nos preocupava muito. Minha irmã era linda, meiga e comprometida. No entanto, herdara um pouco o gênio da minha mãe e não aceitava se submeter aos caprichos do namorado. Principalmente por ele não ter razão. O ciúme doentio que sentia não encontrava paralelo no carinho com que ela o tratava. Volta e meia brigavam, separavam e voltavam a reatar, prenunciando um relacionamento tormentoso e difícil.

Eu ficava chateado em vê-la sofrendo. Minha irmã era tudo para mim. Crescemos juntos, dividimos todos os momentos alegres e aqueles que nos causaram sofrimento. Éramos confidentes, parceiros, e o que mais desejava era que ela encontrasse um caminho sereno para seguir com a vida. Eu me preocupava, mas não podia interferir. As coisas do coração são difíceis de entender. Quando as pessoas se apaixonam, se entregam e as consequências futuras costumam ser ignoradas.

 A família do rapaz não via o relacionamento com bons olhos. Aceitavam o namoro porque ele havia imposto a condição. Era muito mimado para ser contrariado, principalmente pelos pais.

 Na verdade, a união com uma pobretona da periferia não encaixava na visão de vida deles. Não importava se ganhavam dinheiro explorando os moradores do nosso bairro e adjacências com os preços altos dos produtos vendidos em sua rede de supermercados. Para eles, era apenas um negócio, não tinham relação afetiva com ninguém. Moravam em outro bairro, perto de gente de sua classe social e nós éramos apenas consumidores. Nada errado com isso.

 O que nos preocupava era que essa união escancarava sobremaneira as diferenças. Não frequentávamos os mesmos círculos sociais. Não fazíamos parte do mesmo mundo. Enfim, essa era uma decisão da minha irmã, não tínhamos o direito de interferir. O que restava era torcer para que desse certo.

 O casamento foi bem diferente do meu.

 Os pais do Ramiro fizeram questão de uma grande festa. Amigos, parentes, políticos esbaldaram-se até não poderem mais. A nossa família participou das comemorações com parcimônia. Era um ambiente um tanto estranho para nós. Não estávamos acostumados com eventos daquela magnitude. Durante a festa, ficamos em um canto do salão observando as pessoas e esperando o momento de irmos para casa.

 Apesar desse pequeno incômodo, tudo se passou de forma tranquila e com muita alegria. O casal foi morar em uma bela casa. Deby estava muito feliz, isso era o que importava.

   ➤ • ⬅

Minha mãe sentiu o impacto das mudanças em nossa vida. A morte de minha avó, o meu casamento e Deby se mudando foram situações que mexeram com seus sentimentos.

Ela parecia ter envelhecido dez anos.

Outrora tão vaidosa, pintava os cabelos a cada quinze dias, cuidava das unhas e caprichava nos vestidos, passou a deixar os cuidados com a aparência para depois. Tão acostumada a cuidar dos filhos, todos juntos e debaixo de sua proteção, no entanto, percebia que chegava o momento de cada qual cuidar de sua vida.

Eu e Deby estávamos formando nossas próprias famílias. Logo Caco seguiria seu caminho. Ficaria Deni, que em algum momento pegaria a estrada.

Lembro de minha avó dizer:

— Os pais preparam os filhos para o mundo. No começo da vida eles são dependentes, porém, quando crescem, os pais passam a depender deles.

É o ciclo da vida e não podemos mudá-lo. Ele se estabelece independentemente da nossa vontade. O mais importante é manter os laços e não deixar a relação de confiança e o amor se perderem com o tempo.

Foi naquela época que minha mãe adotou um cãozinho vira-lata.

Cachorrinho pequeno, marrom com umas manchas brancas difusas pelo corpo, parecia um ratinho de laboratório quando o trouxe para casa. Uma colega do trabalho tinha uma cadela que acabara de parir e oferecera um filhote para minha mãe. No princípio ela recusou, mas quando o viu se apaixonou à primeira vista.

Quando nos reuníamos no domingo, Luck, como era seu nome, era tratado com todo esmero e tornou-se um membro da família.

Esse fato mudou a rotina da minha mãe.

Ela sentiu-se novamente responsável por uma vida. Mesmo se tratando de um pet, era como um filho.

Passou a visitar o parque nos fins de tarde e fazer caminhada, o que interferiu positivamente no seu humor e na sua qualidade de vida.

CAPÍTULO XI

Oito anos antes...

· ■ ■ ■ ·

Foi no dia do aniversário de Akira que tudo aconteceu. Laila havia preparado um jantar na nossa casa para poucas pessoas. Minha mãe, Caco e Deni, a mãe dela, umas amigas do hospital. A Deby, que viria com o esposo, e minha cunhada com o namorado.
Uma reunião de família.

Estávamos todos juntos esperando que a Deby chegasse para cantar os parabéns e iniciar a comemoração. Eu segurava nosso filho nos braços enquanto Laila servia alguns salgadinhos. Uma dúzia de balões coloridos subia até o teto. No centro da mesa, o bolo enfeitado com a temática de anjo, suportava uma vela indicativa da idade: 2 anos. Akira tentava pegar os balões que pendiam de um fio de *nylon*, e quando eu deixava que ele estourasse algum, sua risada infantil contagiava a todos.

— A Deby está demorando, Jô. Será que aconteceu alguma coisa? Por acaso ela te ligou? — perguntou minha mãe.

— Não. Tentei chamá-la algumas vezes, mas o telefone cai direto na caixa de mensagens — respondi.

Ficamos apreensivos. Não era do feitio da Deby deixar as pessoas esperando, ainda mais no aniversário do afilhado dela. Não atender ao telefone também era um indicativo ruim.

— Talvez tenha acabado a bateria. O carro pode ter apresentado um defeito, quem sabe? — completei.

De repente, um barulho de frenagem de pneus indicou que um carro parava abruptamente na porta de casa. Ficamos um pouco assustados e saímos para ver o que acontecia. Era o carro de Deby que parou de supetão, quase abalroando o muro. Ela abriu a porta e, quando colocou os pés para fora, uma camionete estacionou da mesma maneira ao seu lado. Percebemos que ela estava muito assustada. Entreguei Akira para Laila e caminhei em direção à rua.

 Antes que eu chegasse no carro, o esposo dela, Ramiro, desceu da camionete e a alcançou, puxando-a violentamente pelo braço. Ela perdeu o equilíbrio e caiu no chão. Naquele momento eu já havia alcançado os dois. Coloquei-me na frente dele e o segurei com as duas mãos. Ele tentou desvencilhar-se com o intuito de agredi-la, mas eu não permiti.

 — Vá para dentro que eu resolvo aqui — disse para Deby.

 Ela entrou chorando e minha mãe fechou a porta. Caco e Deni vieram para o meu lado e seguramos Ramiro de encontro ao carro. Ele começou a gritar que ela era uma vagabunda, que não prestava, que tinha se casado com uma puta. O sangue subiu nas minhas têmporas.

 — Vagabundo é você, cabra safado! — gritei para ele, ao mesmo tempo que desferi um soco na base do queixo.

 Ele foi arremessado para trás e caiu de costas. Naquele momento, chegaram dois carros da polícia com as sirenes ligadas. Atrás, uma caminhonete que identificamos como sendo do pai do Ramiro, o dono do supermercado. Os policiais nos separaram, fomos algemados e levados para a delegacia. Eu segui numa viatura e Ramiro em outra. Laila deixou nosso filho com a mãe dela e seguiu os veículos da polícia, acompanhada dos meus irmãos. Minha mãe ficou cuidando de Deby, tentando acalmá-la, sem entender o que havia acontecido.

 Na delegacia, esperamos por mais de duas horas, quando então fui chamado para prestar depoimento. O delegado estava muito mal-humorado. Tive a impressão de que não dormia há muito tempo, pois as olheiras sobressaíam embaixo de seus olhos.

 — E ainda tem que atender briga de rua — murmurei para Laila.

O funcionário sentado em frente a um computador pegou meus documentos e preencheu um formulário. O delegado ouviu os policiais, dispensou-os e depois pediu para que contasse o que havia acontecido. Eu relatei os fatos que foram transcritos em duas folhas de papel timbrado. Ele pediu que eu lesse com calma e, se estivesse de acordo, assinasse o termo. Concordei com a transcrição e assinei.

— Se precisarmos do senhor, voltaremos a fazer contato — disse ele, me dispensando.

Saímos pelo corredor e, ao passar por uma porta entreaberta, vi o Ramiro aguardando. Estava acompanhado do pai e um outro senhor que vestia um terno escuro e segurava uma grande pasta de carregar documentos. Deduzi tratar-se do advogado, que já deveria ter sido chamado para livrá-lo de maiores problemas.

Eu estava muito revoltado.

Nós fomos levados para delegacia pelo fato de termos sido apanhados em flagrante. Com certeza, a minha declaração sobre a agressão sofrida pela minha irmã seria rebatida por ele, e classificada como um problema doméstico. Não haveria maiores consequências, pois dificilmente os agressores eram enquadrados em algum tipo penal.

≫ ≪

A violência doméstica já era discutida em alguns fóruns especializados desde a década de 1980. Os movimentos feministas dentro e fora do Brasil clamavam pelo reconhecimento do problema e a tomada de medidas para minimizar o sofrimento das mulheres. Entretanto, apesar de reconhecer tratar-se de grave problema social, o sistema jurisdicional ainda não havia criado instrumentos objetivos para dar a proteção necessária às mulheres. Na maioria das vezes, elas sofriam caladas, suportando todo tipo de humilhação e, mesmo quando procuravam atendimento, eram relegadas a segundo plano.

A versão do agressor prevalecia.

Os próprios agentes públicos desestimulavam a continuidade do processo. A mulher era deixada à própria sorte. Outras vezes, a pressão do agressor, fosse ele marido, namorado, e até pai ou irmão, fazia que elas voltassem à delegacia para retirar a queixa. Justificavam a mudança de comportamento do agressor, arrependimento e até a questão financeira.

Saímos da delegacia com os nervos em frangalhos.

Minha mãe voltara para casa levando Deby. Quando chegamos, ela acariciava o cabelo da filha, que dormia em seu colo. Deixamos que ela descansasse.

Ramiro prestou depoimento e foi liberado. A ocorrência policial seria arquivada e com certeza não se falaria mais no assunto.

No outro dia, Deby nos contou que eles já vinham tendo problemas há muito tempo. O ciúme doentio do esposo o levara a agredi-la por diversas vezes. Para não causar maiores dissabores, ela procurava contornar. Haviam combinado de irem juntos ao aniversário de Akira, no entanto, ele desistiu sem motivo. Quando ela se cansou de implorar para que a acompanhasse, resolveu ir sozinha.

Ramiro não concordou e começou a xingá-la, segurando seus braços e tentando impedi-la de sair.

Como ela tomou a decisão de ir, ele a seguiu e deu-se a agressão na porta de nossa casa. Uma viatura da polícia havia detectado aqueles dois carros em velocidade acima do normal. Iniciaram a perseguição e pediram reforços, razão pela qual eles chegaram a tempo e na hora de evitar uma tragédia. O pai de Ramiro, que morava perto, ouviu a discussão e, pressentindo a confusão, acompanhou o filho. Ele já o conhecia, prevendo que algo ruim pudesse acontecer.

Depois de cinco dias na casa da minha mãe, Deby consentiu que o Ramiro fosse visitá-la e conversaram.

Como acontece em muitos casos semelhantes, ele pediu desculpas, prometeu nunca mais repetir aquelas barbaridades e ela aquiesceu. Voltou para casa na esperança de que tudo ficasse bem.

Ela o amava, e mesmo com a imaturidade demonstrada desde o início do namoro imaginava controlar a situação.

Talvez conseguisse.

Apesar de não acreditarmos em nenhuma mudança radical no comportamento dele, a ponto de cessar agressões e ofensas, nós apoiamos Deby, e por um longo tempo não soubemos de nenhuma outra ocorrência contra ela, o que nos deixou bastante otimistas. Quem sabe ele mudasse de verdade. Era uma perspectiva.

Depois da reconciliação, Ramiro pediu para minha irmã retirar a queixa. Ela não concordou. Respondeu que não tocaria mais no assunto, mas que não faria nenhum movimento nesse sentido. Ela sabia que não daria em nada, então não encontrava justificativa para voltar a esse ponto.

Alguns meses depois, Deby ficou grávida.

Ficamos muito felizes com a novidade.

Parecia que os momentos tristes haviam ficado para trás. Afinal, uma nova vida começava a florescer e mereceria toda a atenção. A barriga foi crescendo e, com o passar dos meses, minha mãe assegurava que seria uma menina. Afirmava que o formato da barriga indicava o sexo. Eu, sinceramente, não via diferença, mas Laila também dizia que nos casos dos bebês do sexo masculino a barriga da mulher fica mais saliente, apontando para fora. *Pontuda*, no linguajar popular.

Deby também não acreditava nesses prognósticos caseiros e preferiu esperar o ultrassom que confirmou: seria uma menina. Quando chegou, ela deu-lhe o nome de Leonora. Ofereceu a pequena para que eu e Laila batizássemos, aceitamos com prazer. Éramos compadres e comadres cruzados, pois ela já era madrinha do Akira.

A vida seguia seu curso e a esperança continuava a povoar nossos lares e corações.

CAPÍTULO XII

Seis anos antes…

· ■ ■ ■ ·

O episódio no aniversário de Akira foi um divisor de águas em nossas vidas. Passados dezoito meses, quando pensávamos que tudo havia ficado para trás, minha mãe recebeu a notícia de que seria dispensada do trabalho. Ela passou a cumprir o prazo legal do aviso prévio, que a lei determina em trinta dias. Saía duas horas mais cedo, tempo que seria usado para tentar encontrar outra colocação. A demissão foi uma surpresa tão grande que ela nem pensou em buscar um novo emprego.

Marisa jamais imaginou que isso aconteceria, pois se sentia parte da engrenagem. Havia começado a trabalhar naquela firma na véspera de completar 18 anos, e aos 46, via-se obrigada a buscar uma nova ocupação.

— Isso é injusto! — disse ela, ao ligar para mim. — Nunca imaginei trabalhar em outro lugar. Quando comecei aqui, eram o dono e cinco colaboradores. A empresa cresceu, eu contribuí para isso, e me dispensam sem ao menos dizer "obrigado" — desabafou.

Eu tentei consolá-la.

— Mãe, as coisas funcionam assim. Como os objetos, nós também temos um período de validade. Somos descartados quando não temos mais utilidade. Ou então substituídos por empregados mais jovens, com mais energia e mais baratos. Não adianta ficar se lamentando.

Eu falava isso para trazê-la à realidade, mas, no fundo, entendia sua decepção. Dedicar-se com afinco a um projeto, trabalhar como se aquilo fosse seu e, de repente, receber apenas um papel dizendo que chegara a hora de procurar outro caminho.

Enquanto consolava minha mãe ao telefone, fui chamado pelo encarregado até o canteiro central da obra. Quando adentrei o barracão, o engenheiro residente rabiscava uma folha de papel em cima da mesa. Tirei o capacete e disse:

— Boa-tarde; o doutor me chamou?

Ele levantou os olhos, me fitou demoradamente e respondeu:

— Josias, você está dispensado, não precisamos mais dos seus serviços.

Levei um choque.

— Como assim, dispensado? — repeti, perplexo.

O engenheiro não disse nada. Apenas me olhava com jeito constrangido.

Eu também já me sentia como se aquela construtora fizesse parte da minha vida, da minha família. Trabalhava todos os dias há mais de quatro anos, fazia horas extras, jogava no time de futebol, carregando com orgulho aquele slogan. Eu havia comprado um lote à prestação e economizava cada centavo para começar a construir uma casa para minha família. Já estava sonhando em trocar a moto por um carro, enfim, eram muitos planos que se interromperiam. O engenheiro se levantou, caminhou de um lado para outro e um pouco sem jeito perguntou:

— Você está bem, Josias? Quer um copo de água?

Devia ter notado o meu assombro com a notícia. Recuperei um pouco do susto e perguntei a ele:

— O que aconteceu, doutor? Fiz alguma coisa que não devia?

— Nada que eu saiba. Recebi essa ordem do escritório central. Sou apenas o mensageiro.

Caminhei para o vestiário trocando as pernas como se estivesse bêbado. Não conseguia nem ao menos estruturar um pensamento lógico. Por que havia sido despedido no meio da tarde, sem aviso e sem motivo? Por que as coisas eram tão simples para alguns, como os empregadores, e tão difíceis para outros, como nós, dependentes do salário? Sentei-me em um banco, recostei a cabeça na parede e tentei me concentrar.

— Não adiantava ficar procurando explicações. Eles não precisavam se justificar para ninguém. Pagavam os direitos e isso era o bastante — pensei.

Mais uma vez, os sonhos batiam asas. O sistema mostrava suas garras e nos revelava que não passávamos de números em uma planilha de estatística. Com certeza, na manhã seguinte, alguém viria me substituir. Não importavam os meus compromissos, as minhas responsabilidades, as minhas expectativas. Tanto eu como minha mãe não éramos mais importantes para a engrenagem rodar. Estávamos fora, independentemente daquilo que sentíamos ou esperávamos. Por isso, ou procurávamos seguir em frente ou desistíamos.

Essa era a realidade nua e crua.

Fui para casa matutando sobre tudo sem encontrar uma razão lógica para os acontecimentos. Minha mãe trabalhava naquela rede de supermercados há muito tempo. E, quando se achava estabilizada, pensando na aposentadoria, perdia o emprego. Eu ainda tentava acalmá-la quando recebo a notícia da minha própria demissão. À noite, conversei com a Laila e analisamos os fatos sem chegar a uma conclusão.

Devia ter sido uma coincidência, pois não havia nexo entre os dois episódios. Fomos até a casa de minha mãe e a encontramos bem desanimada. Deitada no sofá, acariciava o pelo de Luck, com os olhos marejados. Ele parecia sentir o clima triste na casa, pois lambia as mãos de sua tutora numa demonstração de afeto.

Logo mais, Deby apareceu e ficamos conversando por um tempo. O clima ficou mais descontraído com umas brincadeiras do Deni e, quando Caco chegou da escola, minha mãe parecia feliz. A família estava reunida. Havia muito tempo que isso não acontecia. Mesmo sendo por causa de um infortúnio, nossa presença a confortou.

※ ※

No outro dia, levantei-me bem cedo e fui procurar trabalho.

Falei com algumas pessoas que eu conhecia, mas nada de concreto apareceu. Varou a semana e a rotina se impôs: saía de manhã, distribuía currículos e à tarde retornava para casa cansado e desanimado. Laila tentava me confortar, dizendo que logo apareceria um trabalho e as coisas se ajeitariam. Eu concordava, mas sentia que o sistema estava me engolindo, mais uma vez.

Tudo que sonhara e acreditara que realizaria desmoronava com o simples e tenebroso aviso de dispensa de trabalho. Era cruel perceber a instabilidade do processo de construção de uma vida digna e confortável. Eu ancorava minhas expectativas nas poucas possibilidades que pessoas como eu tinham: parca instrução, nenhuma especialidade e família para sustentar. Era difícil, e somente muita força de vontade me faria superar.

De alguma forma, teria de assegurar as despesas da casa, pois a toada do tempo não conhece parada. O fim do mês chega mais depressa quando a gente não está trabalhando. Com sabedoria, minha avó já nos ensinava:

— Não tem amor que sobreviva à necessidade.

Minha mãe começou a prestar serviço como diarista, um meio de ganhar algum dinheiro. Nem sempre conseguia trabalhar a semana inteira, mas era tudo que uma mulher de sua idade e sem uma profissão conseguia fazer.

O importante foi que, depois de alguns dias, ela se recuperou do impacto que a perda do emprego causou em seu sistema emocional. Levantou a cabeça e sacudiu a poeira, dizendo que não se abateria. Não foi uma surpresa para nós que a conhecíamos, pois ela jamais se curvava diante das intempéries da vida. Não seria dessa vez que arrefeceria seu espírito inquieto e lutador.

Uma tarde, cansado e sem muitas esperanças, passei no Nona Pina para fazer um lanche. Entretido com meus pensamentos, não percebi quando alguém se sentou na cadeira em minha frente. Levantei os olhos e não escondi a surpresa: Parola, em carne e osso. Ele me fitava do seu jeito descontraído e tranquilo. Sorria para mim como se tivéssemos nos encontrado ontem.

A surpresa inicial deu lugar ao contentamento.

Desde que fomos presos naquela garagem, eu nunca mais soubera dele. Falavam que ele tinha sido condenado a cinco anos de prisão, que saíra um tempo depois, mas eu não tomara conhecimento. Estava por demais envolvido em cuidar da minha vida, e não queria me envolver com ele novamente. Mas, ao encontrá-lo assim, de repente, sem premeditar, eu fiquei contente. Não sei se pela velha amizade, ou se pelo fato de estar carente, material e emocionalmente. Fiquei deveras feliz em topar com ele naquela tarde.

Conversamos por um longo tempo, ele me contou que ficou três anos preso e havia saído em liberdade condicional. Falei da minha família, do nascimento de Akira e que estava buscando um trabalho.

— Não sabia que sua mãe havia perdido o emprego, depois de tanto tempo — disse ele.

— Então o velho é rancoroso mesmo — completou.

Olhei para ele espantado e perguntei:

— Do que você está falando, Parola? Que velho é esse?

Ele me encarou com a expressão de piedade e retrucou:

— Ora Jô, isso é a resposta para a surra que você deu no seu cunhado, lembra? O pai de Ramiro falou que não perdoaria você. Por isso demitiu sua mãe do supermercado e mandou que dispensassem você da construtora.

Eu fiquei pasmo. Vingar-se da minha mãe era uma atitude descabida, afinal ela nem participara da confusão, entretanto sendo ele o dono da empresa, e pagando todos os direitos, poderia fazê-lo. Mas, me dispensar da construtora?

— Ele é tão poderoso assim, cara? — perguntei.

— Ele é sócio da construtora, *brother*, todo mundo sabe. Pelo jeito, só você que não sabia — respondeu ele.

Fiquei sem palavras.

Então aquela atitude emocional e correta, sob todos os pontos de vista, havia desaguado em uma resposta premeditada e vingativa. Eu defendera minha irmã da brutalidade de um marido inconsequente, e isso resultou na perda do emprego de minha mãe e na minha própria instabilidade financeira. Por capricho, aquela pessoa poderosa usava de sua influência e jogava fora os meus sonhos e o esforço de uma vida inteira de minha mãe. O julgamento dele bastava: fora afrontado e, para se vingar, botava quem ele quisesse no olho da rua.

Voltei para casa triste e revoltado. Tinha vontade de ir até ele e dar-lhe uns tabefes; mas, por outro lado, entendia que isso não adiantaria. Era o jogo que tinha de ser jogado. Ele era o predador, e nós as presas indefesas. Do ponto de vista moral poderia até ser vergonhoso, entretanto, pela legalidade, ele não cometera nenhum delito. Agredi-lo, ainda mais em sua residência, me levaria novamente para o terreno da criminalidade e não ajudaria em nada. O melhor era conformar-me com a situação e buscar alternativas.

Parola me convidou para tomar uma cerveja no outro dia. Disse que estava trabalhando em um centro de distribuição de produtos para atacado e que talvez pudesse me ajudar. Eu fiquei instado a não aceitar, mas pensei que já estava há dois meses desempregado e o dinheiro começava a faltar. Laila provia as maiores despesas, mas eu já notava que seu estado de humor mudava constantemente. Questionava-me sobre possibilidades de trabalho, falava das dificuldades em manter as contas em dia e que eu precisava tomar uma atitude. Acho que se a nossa ligação fosse mais frágil, teríamos nos separado.

Apesar de tudo que estávamos passando, nosso amor ainda era forte para suportar as adversidades. Ela confiava em mim, acreditava que eu daria um jeito de consertar nossa vida. Eu sentia essa responsabilidade, tanto com ela quanto com nosso filho, e não deixaria a *peteca cair*, como dizia minha mãe. Por isso, no outro dia fui encontrar Parola.

Tomamos algumas cervejas e recordamos coisas passadas. Ele contou que havia conversado com o chefe dele e que teria uma vaga para mim no centro de distribuição. Eu trabalharia como operador de despacho, aquela pessoa que fica no controle das mercadorias que saem para as lojas. O salário não era tão ruim, então, na semana seguinte, comecei a trabalhar.

CAPÍTULO XIII

Cinco anos antes...

· ■ ■ ■ ·

Seis meses após o início do trabalho no centro de distribuição, eu já controlava todos os processos de despacho de mercadorias. Os chefes gostavam do meu serviço e eu havia estabelecido uma forte relação de confiança com os colegas. Voltei a ter uma convivência diária com Parola, e nos finais de semana estávamos quase sempre juntos. Ele morava com uma garota bastante simpática, que trabalhava no departamento de pessoal da empresa. Gostava de contar que, ao levar os documentos para contratação fora recebido por ela e logo a pedira em casamento. Esse papo a deixava bastante constrangida, mas ele não ligava.

Na verdade, não se casaram, começaram a namorar e alguns meses depois passaram a dividir o mesmo teto. As coisas acontecem muito rápido entre as pessoas da nossa classe social, e o relacionamento é uma delas. Ninguém quer esperar muito para chegar a lugar nenhum. Para nós, o amanhã é sempre hoje. O futuro é aquilo que temos de melhor no presente.

Parola representava muito bem esse pensamento. Desde que nos conhecemos, ele repetia o mantra:

— Precisamos viver o hoje, pois o amanhã não nos pertence!

Cora Jane, sua companheira, estava grávida.

— Se for homem vai se chamar Giorgio, em homenagem ao zagueiro da Seleção italiana — dizia ele.

Se fosse mulher, ele dizia que a escolha seria da Cora Jane, mas gostaria que se chamasse Sofia, também por causa de uma atriz de cinema italiana. Eu não entendia tamanha obsessão pelas coisas da Itália, mas cada qual tem lá suas preferências e nós precisamos aceitá-las da forma como são.

Às vezes tinha vontade de contar para minha mãe e para Deby o que o pai de Ramiro fizera conosco, entretanto minha avaliação era de que não valeria a pena. Por mais que não tivéssemos um relacionamento próximo, éramos da mesma família.

Minha irmã estava casada com ele, tinham uma filha e qualquer coisa que eu dissesse não acrescentaria nada. Acabaria atrapalhando. Falar provocaria desavenças e ressentimentos, piorando ainda mais uma convivência que já não era lá tão harmoniosa. O que aconteceu já havia ficado para trás e a vida seguia. Era melhor esquecer tudo, colocar uma pedra em cima e deixar o assunto enterrado para sempre.

No domingo de Páscoa, estávamos todos reunidos na casa de minha mãe quando Deby me pegou pelo braço e disse:

— Jô, você não acha que Deni vai sofrer muito por ser homossexual? É tão difícil as pessoas aceitarem.

Eu sorri para ela. Entendia suas preocupações, mas não havia como mudar o que não pode ser mudado.

— O importante é que ele sempre terá nosso apoio, maninha.

Ela continuou olhando para ele por mais alguns segundos e voltou-se para mim, dizendo:

— É verdade, querido, mas vivemos em uma sociedade em que ser diferente é sinônimo de inferioridade, preconceito e discriminação.

Depois se virou e espreitou Deni conversando com Akira.

— Gostaria de protegê-lo do mundo — sussurrou.

Eu a abracei.

— Deus cuidará de tudo, mana. Com certeza ele encontrará seu caminho — finalizei.

Deby se afastou de mim e foi até Deni. Sem dizer uma palavra ela o abraçou. Precisava acreditar que o carinho que todos sentiam por ele compensaria muitos dissabores.

Eu às vezes refletia.

A sociedade precisaria evoluir muito para entender que os seres humanos são dotados de percepções únicas, e que a verdade de um não necessariamente é a verdade de outro. Que a diversidade, o respeito e a tolerância são o caminho para a convivência harmoniosa entre as pessoas. Somente dessa forma, quem sabe, um dia habitaríamos um mundo melhor.

No refeitório da empresa, eu e o Parola almoçávamos sempre no mesmo horário. Era o momento de trocar ideias e falar de tudo que se passava conosco.

Certo dia, durante o almoço, ele perguntou se poderia falar um assunto que estava lhe perturbando.

Imaginei que se tratasse de algum problema no relacionamento dele com Cora Jane, pois ela comentara com a Laila que eles estavam brigando muito. Ele reclamava dos enjoos da gravidez e chegava em casa cada vez mais tarde, cheirando álcool e cigarro.

Para minha surpresa, ele começou falando da empresa, dos fornecedores e no fim deixou transparecer que havia se esforçado muito para me arranjar aquele emprego. Eu o ouvia com atenção, mas não entendia aonde ele queria chegar.

Por fim, ele se abriu:

— Fiz parcerias com alguns fornecedores, Jô. Preciso que você faça vista grossa para encomendas especiais que serão levadas pelos motoristas.

Fiquei sem palavras. Perguntei, já sabendo a resposta:

— Você está se metendo em confusão de novo, não é? Não me envolva nisso. Não tenho o mínimo interesse em saber nem participar.

Não acreditava que Parola fosse capaz de me propor uma coisa daquelas. Já havia pagado um alto preço por ter acobertado suas tramoias.

Por um momento, quis acreditar que era uma brincadeira, mas pensei direito e concluí que isso era a cara dele. Ele sempre estava metido em falcatruas e na maioria das vezes conseguia se safar. Não concordava com aquilo e não colocaria meu emprego em risco. Se ele insistisse, eu o denunciaria.

Levantei da mesa e o deixei sozinho.

Alguns dias depois, fui chamado ao escritório do gerente. Quando entrei, ele mal me cumprimentou. Antes que eu falasse qualquer coisa, relatou que havia muitas reclamações sobre o meu desempenho.

Perguntei do que se tratava e ele me disse:

— Os clientes estão denunciando troca de pedidos, mercadorias entregues fora de padrão, esse tipo de coisa. Se isso continuar, vou ter que tomar providências.

Eu fiquei sem ação.

Nunca houvera uma reclamação sobre o meu trabalho. Como isso foi acontecer assim, tão de repente? Enquanto me recuperava do assombro, Parola entrou na sala. Cumprimentou-me com aquele jeito tranquilo e perguntou se eu estava melhor.

— Melhor do quê? Eu não estou doente — retruquei.

Como se não tivesse me escutado, ele virou-se para o gerente e disse:

— Josias está enfrentando uns problemas em casa. Deixe que vou falar com ele e tudo ficará bem. Certo, Jô?

Ele me segurou pelo braço, conduzindo-me para a saída.

Percebi na hora que os dois estavam mancomunados, e aquela admoestação era apenas um jogo de cena. No pátio, Parola disse que eu deveria ser flexível, que não precisava colocar minha digital em nada e que tudo seria feito de forma bem sigilosa.

— Não vou fazer isso, Parola. Eu tenho família, e não vou colocá-la em risco.

À noite, em casa, peguei Akira no colo e, enquanto o ninava, Laila se aproximou.

— O que se passa com você, Jô? Algum problema na empresa? — perguntou.

Mulher tem sexto sentido, dizia minha avó. Não pude encará-la nem olhei para o meu filho. Fitando o infinito, respondi:

— Não é nada. Discuti com o chefe, mas tudo está sob controle. Não precisa se preocupar — finalizei.

Ela não insistiu.

No outro dia, seis caixas de mercadorias sem identificação passaram pelo despacho e seguiram uma rota desconhecida.

Eu poderia escolher dois caminhos: denunciar as irregularidades e sair fora ou acobertar a ação criminosa e fingir que não era comigo. Mais uma vez, optei pelo jeito mais fácil. Fiz de conta que era obrigado a participar, que não tinha opção.

— Eu não posso perder esse emprego — justifiquei para mim mesmo.

⇒ ⇐

Certo dia, ao término do expediente, quando cheguei no estacionamento para pegar minha moto, um cara desceu de um carro estacionado do outro lado da rua. Atravessou a via rapidamente e me abordou mostrando um distintivo da polícia.

— Acompanhe-me, por favor. Queremos falar com você.

Fiquei pasmo, sem saber que atitude tomar.

O que a polícia queria comigo? E por que me chamar sigilosamente para conversar? Fiquei parado ao lado da moto e minha mente ferveu. Tive vontade de acelerar e não obedecer à ordem, mas, ao mesmo tempo, entendi que não seria o melhor a fazer. Ele pegou no meu braço e insistiu:

— Venha comigo! — ordenou.

Eu me desvencilhei de sua mão e o acompanhei, relutante.

Do outro lado da rua, ele abriu a porta do carro para que eu entrasse. Havia outro homem ao volante. Deveria ser o parceiro dele. Entrei no carro, sentei-me no banco ao lado do motorista e aguardei.

Ele sentou-se no banco de trás e falou:

— Sabemos que vocês estão traficando maconha nos caminhões de entrega. Queremos cinco mil por semana, senão vamos prender todo mundo e você sabe o que vai acontecer. Cana de mais de dez anos.

Eu tentei argumentar, dizendo que não sabia de nada, que não estava envolvido, porém ele foi enfático:

— Não tente nos enrolar! Senão vai todo mundo em cana!

Abriu a porta, eu saí e eles foram embora.

Nem consegui gravar a fisionomia deles direito. Voltei na empresa para falar com Parola, mas ele já havia saído. Peguei a moto e dirigi como um louco até a casa dele. Entrei sem bater, assustando Cora Jane que estava sentada em frente à TV.

— Cadê o desgraçado do seu marido? — gritei.

— Ele não está. O que está acontecendo? — perguntou ela, com uma mão na barriga, como se protegesse o bebê.

Eu rodopiei pela sala e bati a porta.

Subi na moto e o procurei por diversos lugares onde imaginei que poderia encontrá-lo. Em vão. Ele evaporara. Parei em um bar, tomei duas cervejas e depois fui para casa.

Naquela noite, não dormi nem um minuto. Rolei na cama pensando como me deixara envolver novamente nas teias de Parola. Levantei-me de manhã, buscando uma forma me afastar do problema. Precisava sair daquele enrosco, mas não tinha a menor ideia de como.

No outro dia, ao chegar no trabalho, tudo corria de forma natural.

As encomendas foram despachadas e os pacotes sem identificação passaram como das outras vezes. Percebi que eu era o único inocente na história. Os lotes seguiam um padrão de despacho e eram endereçados sempre para o mesmo caminhão. Com certeza o motorista fazia parte da operação. No intervalo do meio dia, tentei falar com Parola, mas ele já tinha almoçado e somente no fim da tarde nos encontramos. Ele passou pela expedição cinco minutos antes de fechar e me disse para encontrá-lo no pátio. Quando cheguei ele estava acompanhado do gerente.

— Você sabe no que me meteu? — perguntei de supetão.

— Calma, Jô, vamos conversar — respondeu ele, sem se alterar.

— Conversar uma ova! A polícia me abordou ontem, eles querem dinheiro senão vão me levar em cana, e eu nem sei o que está acontecendo.

Ele não perdeu a fleuma.

Deixou que eu urrasse, andando de um lado para outro, depois, com serenidade, me disse:

— Nós sabemos que eles te abordaram. Fique tranquilo que vamos te dar o dinheiro para o pagamento.

— Eu não quero saber de dinheiro nem de pagamento. Estou fora, já disse!

— Complicado você sair agora, Jö. Eles não vão te deixar em paz. Melhor ficar calmo. Vamos te dar uma parte dos lucros.

Eu não queria participar daquela delinquência, mas do ponto aonde as coisas haviam chegado, não tinha como recuar, ao menos não naquele instante.

Passei a fazer parte do jogo, tão discreto quanto possível, levando para a casa o que me cabia do resultado da muamba. Laila percebeu as mudanças, perguntou-me novamente o que estava acontecendo, então eu disse que havia sido promovido.

Ela não perguntou mais e a vida seguiu.

Pela minha experiência, sabia que em algum momento aquele problema seria exposto. Então, eu precisava encontrar uma forma de não fazer parte dele.

Se a polícia sabia do contrabando e cobrava um valor para fechar os olhos, assim que uma pressão maior fosse exercida, eles iriam desbaratar o esquema, e os mais fracos *dançariam*. No caso do estacionamento, eu havia sido castigado por fazer vista grossa, o que não poderia alegar dessa vez.

Estava no controle dos despachos e os policiais haviam me abordado como parte do esquema. Eu fazia o pagamento da propina!

Não teria salvação se continuasse envolvido nessa tramoia.

CAPÍTULO XIV

Quatro anos antes...

· ■ ■ ■ ·

Minha mãe arranjou um novo namorado.

Novo era uma forma de falar, pois ele já passava dos 68 anos. Marisa não namorava há muito tempo, por isso a novidade. O cara era muito simpático, bom de conversa e logo conquistou todo mundo. Tratava-a com o maior carinho e fazia questão de demonstrar isso. Havia feito carreira como gerente de um banco e se aposentara alguns anos atrás. Cinco anos antes, perdera a esposa para um câncer e tinha um casal de filhos já resolvidos na vida.

Os dois se conheceram de forma inusitada.

Ele havia pedido uma diarista para a empresa na qual minha mãe era cadastrada, e ela foi indicada para atender à demanda. Passou a prestar serviços na casa dele duas vezes por semana.

Uma casa grande, com quintal e varanda.

Ele morava sozinho e uma vez por mês os filhos o visitavam para um almoço de domingo. Num desses eventos, ele perguntou se minha mãe não gostaria de ganhar um extra para ajudar. Ela, como sempre, se prontificou e preparou tudo. Naquela oportunidade conheceu os filhos e os netos dele. No mês seguinte, ele pediu ajuda dela novamente, que não se fez de rogada.

O banquete conquistou o paladar da família.

A convivência mais estreita o levou a convidá-la para sair, o que ela nem pensou em recusar. Foram a um restaurante, comeram petiscos e tomaram chope. Em outra oportunidade, o convite foi para conhecerem uma nova casa de dança, e a noite foi agradabilíssima. Cada vez mais gostavam de ficar juntos. A frequência dos encontros os aproximou e, algum tempo depois, ele a pediu em namoro. No princípio, minha mãe rejeitou a ideia, conversou comigo e depois com Deby, pedindo nossa opinião.

Preferimos não interferir.

Melhor que tomasse a decisão por conta própria. Com o passar do tempo, minha mãe cedeu à proposta de namoro e o casal passou a desfrutar de quase todos os momentos juntos. Ela ficava mais tempo na casa de Raimundo — esse era o nome dele —, do que na sua.

Isso não fazia muita diferença, já que ela ficava muito sozinha.

Caco havia sido aprovado na seleção para agente da guarda metropolitana e já estava em treinamento. Passou a ficar mais tempo no quartel, saindo apenas nas folgas e em finais de semana alternados. Ao fim do curso, como já havia comentado, alugaria um apartamento. Queria ter sua independência, nada mais justo.

Deni trabalhava como vendedor numa loja no shopping e dormia no apartamento de um amigo. Vinha em casa apenas nos fins de semana, e mesmo assim demorava muito pouco. O tempo para saber e contar as novidades.

A companhia da minha mãe era Luck, que ela carregava para todo lugar.

Quando Raimundo a convidou para dividirem o mesmo teto, alegando que não fazia sentido ela continuar sozinha, fizemos a maior torcida para ela aceitar. Um pouco hesitante, ela pediu para pensar, entretanto, a lógica era que isso viesse a acontecer. Eles queriam viver o momento que a vida estava lhes proporcionando e não havia impeditivo para isso. O que a deixava temerosa era o histórico dos seus relacionamentos, os quais não queria repetir.

— Se eu me arriscar novamente, não pode ser uma aventura. Não tenho mais idade para errar — dizia ela.

Conversou com Raimundo sobre isso.

— Estou buscando uma companheira para o que me resta de vida, Marisa. Na minha idade, não tenho mais tempo para brincadeiras.

O mais importante para nós foi perceber que Marisa voltara a sonhar.

Com os filhos criados, sobrava tempo para se dedicar a si mesma e, se quisesse, a um relacionamento. O que importava era a vontade dela para se envolver.

Pelo andar da carruagem, a coisa tinha futuro, pois o pretendente era um cara maduro, com experiências sólidas de vida e com vontade de acertar. Não deviam explicações a ninguém e poderiam aproveitar as vivências e os erros passados, para encontrar o equilíbrio necessário para o bem da relação.

Desejei que desse certo, ela merecia uma nova chance de ser feliz.

Uma tarde, ela reuniu a família na casa do Raimundo. Eu, Laila, Akira, Deby com Leonora, Caco e Deni. Ramiro não quis participar. Raimundo havia feito o convite na semana anterior, eles queriam todos presentes. Os filhos deles com dois netinhos também compareceram. O anfitrião havia contratado um *buffet* para a ocasião. Nada muito chique, mas tudo organizado. Serviram petiscos, bebidas, refrigerantes, culminando com um delicioso churrasco.

Ele estava muito feliz e minha mãe, radiante de alegria.

Eu, que a conhecia bem, notava em seu semblante uma névoa de preocupação. Com certeza, essa nova experiência a deixava ansiosa.

Um pouco antes de iniciar o almoço, Raimundo chamou atenção dos presentes e comunicou emocionado que havia pedido Marisa em noivado, que ela aceitara, e que esse era o motivo da confraternização. Informou que eles estariam morando juntos a partir daquela data e logo fariam um compromisso formal de união estável. Ninguém tinha nada a opor, eles eram adultos e donos de suas vontades. Estavam dispostos a se arriscar nessa experiência e isso os tornava cúmplices no sucesso ou no fracasso da empreitada. As palmas foram efusivas.

O dia terminou de forma tranquila e agradável.

Para minha mãe, mesmo na fase adulta, era um recomeço. Percebíamos sua insegurança, como também o entusiasmo com que se aventurava novamente. Isso fazia parte da vida.

Já dizia minha avó: "Tudo para evoluir precisa recomeçar".

Com a mudança para a casa do noivo, minha mãe resolveu alugar nossa antiga casa.

Os garotos já se dispunham a tocar suas próprias vidas, cada qual procurando dar um rumo ao seu próprio destino. Deby chegou a sugerir a venda, entretanto minha mãe ainda não estava segura desta nova etapa. Gostaria de ter um local para onde voltar, caso alguma coisa desse errado. Suas precauções faziam sentido, uma vez que ninguém poderia prever o futuro e, no caso dela, que já havia tido muitas experiências desastrosas, nada mais sensato do que ter um ponto de retorno.

Ademais, a casa alugada proveria mais uma fonte de renda.

⇛ • ⇚

Caco foi aprovado nas etapas seguintes da formação de agente da guarda metropolitana e se tornou um defensor da lei. Ficamos orgulhosos quando apareceu vestido naquele uniforme bonito: azul-escuro, com um escudo sobre os ombros e o boné de aba retangular. Não deixei de ficar com uma ponta de inveja, vendo-o tão altivo e cheio de si. Quantas vezes, em sonhos, me vi dentro de uma daquelas fardas. Poderia ser qualquer uma delas, mas eu sonhava mesmo era com o uniforme branco dos marinheiros.

A vida me levou por outros caminhos e o sonho ficou para trás, mas ali estava Caco, formado e investido de autoridade. Isso me deixava feliz, pois um pouquinho de mim e das minhas aspirações iriam acompanhá-lo para sempre.

Deni fixou residência no apartamento do colega do shopping, e certo dia ele confessou para minha mãe que eram namorados.

Teve o apoio dela e de todos nós.

Apesar das dificuldades, nosso núcleo familiar estava encontrando seu caminho.

A maior preocupação que tínhamos era com Deby. Ela vivia em um mundo diferente daquele em que fora criada. Cercada de conforto, luxo e riqueza. O que nos deixava mais otimistas era que minha irmã tinha uma capacidade de adaptação muito grande. Pela criação recebida de minha avó e também de minha mãe, ela não se deslumbrava. Entendia que aquilo fazia parte da evolução da vida.

A estrutura emocional do marido era uma incógnita para nós. Ciumento, inseguro e violento. Ela não nos contava, mas corria à boca pequena que ele a agredia. Eu fazia ouvido de mercador, para não piorar as coisas. Não frequentava a casa dela e quando nos encontrávamos era tudo alegria. Nossas conversas giravam em torno dos filhos e da nossa época de juventude.

Eu continuava enfrentando o dilema de me afastar das atividades ilegais nas quais havia me enredado por influência do Parola. Tinha absoluta certeza de que me daria mal. Vivia justificando, dizendo para mim mesmo que fora forçado, que não tivera alternativa, mas sabia que poderia ter caído fora. Por que não pedi demissão assim que ele me abordou para o esquema? Por que não recusei quando o policial me exigiu propina?

Tive medo de ficar desempregado, e acabara pagando o preço pela decisão que havia tomado. Como dizia minha avó: "Nossas escolhas determinam as consequências e o tamanho do fardo a carregar, às vezes pelo resto de nossas vidas".

Meu receio era ser denunciado, perder minha família e voltar para a prisão. Admito que gostava do dinheiro que recebia pelos malfeitos praticados, mas cultivava a certeza de que uma hora seria cobrado.

※ ※

Numa sexta-feira, ao dirigir minha moto a caminho do trabalho, fui fechado por um carro. A batida forte me jogou contra o meio-fio e a moto resvalou por cima de mim. Fui levado para o hospital com uma perna quebrada e duas costelas fraturadas. Fiquei internado por quatro semanas e deveria ficar pelo menos outros sessenta dias em casa. Contando o tempo de internação e a recuperação, ficaria ausente da empresa por, no mínimo, noventa dias.

Com certeza eles colocariam outra pessoa no meu lugar, quem sabe de forma definitiva.

Na sexta-feira do acidente, Parola e o gerente tiveram de improvisar o pagamento da propina dos policiais. Nas semanas seguintes, também. Quando voltei a me apresentar na empresa, já haviam contratado outra pessoa e minha dispensa foi imediata.

Nem cheguei a cumprir o aviso prévio. Eles já pensavam em me afastar do esquema, tinham medo da minha fragilidade emocional, então, o acidente contribuiu para solucionar o problema para os dois lados.

Para mim, tinha saído até barato, tendo em vista que os problemas poderiam ter sido bem maiores caso eu fosse pego. Melhor estar longe quando a falcatrua fosse descoberta.

Senti-me aliviado com o desfecho do problema.

Era melhor procurar outro emprego, passar por dificuldades, do que ser preso por conta de ilegalidades. Se continuasse naquele círculo vicioso, me perderia de vez. Laila percebeu minha mudança, e isto contribuiu para melhorar o clima entre nós. Voltamos a nos divertir e a trocar confidências, o que já não fazíamos há tempos. Recuperamos um pouco da nossa cumplicidade e a fluidez do diálogo, o que era bom.

Mesmo com o desafio de arranjar outro emprego, voltamos a sonhar.

CAPÍTULO XV

Três anos antes...

· ■ ■ ·

Eu havia feito uma boa economia com os ganhos extras do esquema de Parola. A grana que recebi do acerto na empresa também contribuiu para manter o orçamento equilibrado. Ficava mais tempo em casa, dedicando-me à companhia de Akira, enquanto Laila ia para o trabalho. Sabia que essa não era uma boa opção, pois com certeza a grana acabaria, mais cedo ou mais tarde.

Sem uma atitude firme, fui deixando o tempo passar.

Algumas semanas depois, a minha euforia, que no princípio a contagiou, criando um clima ameno em nossa relação, já havia esfriado. Ela reclamava da minha dificuldade em permanecer nos empregos e o que isso significava em nossos planos para uma vida melhor e mais segura.

— Como investir no futuro se você não consegue se firmar em uma empresa? Qual a certeza que temos para nos comprometer com algo mais sério, como ter a nossa casa? E uma escola decente para o Akira? — argumentava ela.

Eram perguntas lógicas, entretanto, eu não conseguia dar-lhe uma resposta satisfatória.

— Eu vou dar um jeito, Laila. Tudo vai se arranjar.

Logo que o dinheiro ficou curto, nossas discussões ficaram mais tensas. As intermináveis cobranças, o jogo do poder, no qual quem está por baixo escuta o outro dizer que está sendo responsável pela carga toda, fazem da convivência um ambiente muito carregado.

Eu saía para procurar emprego, mas nada de concreto aparecia. A tensão foi me jogando para baixo, fazendo com que a bebida passasse a ser a companhia diária e os bares o aconchego até mais tarde. Atitudes que volta e meia se repetiam a cada crise que aparecia em nossa vida.

A cumplicidade de casal, o sexo e os chamegos acabavam ficando em apagadas lembranças. E o distanciamento cada vez mais latente. Eu acreditava que reverteria o processo, mas era algo que estava ficando desgastante.

Até que apareceu uma vaga para fazer um bico como segurança em uma boate que iria inaugurar na região.

Ninguém sabia ao certo quem era o dono, mas o gerente era um cara do nosso convívio. Não tinha muita ligação com ele, mas nos conhecíamos superficialmente. Fiz a entrevista e fui contratado para o trabalho. O mais complicado era que o expediente começava às 22h, encerrando-se às 4 da manhã.

Para mim, que já experimentava uma série de problemas no relacionamento, não era uma boa pedida. Mas não poderia me dar ao luxo de escolher.

Os donos da boate aproveitaram um galpão de uma fábrica abandonada e fizeram reforma completa no imóvel.

Uma porta imensa, pintada de preto, dava acesso a um corredor bem estreito, onde os clientes eram revistados e liberados para o grande salão. Nos fundos, um balcão de madeira onde os atendentes vendiam as bebidas. No teto, globos com luzes multicoloridas. Não havia garçons, apenas as moças, que recolhiam os copos e as garrafas nas mesas, vestindo shortinhos mínimos e também atuavam como chamariz para os clientes, fazendo com que se embriagassem, gastando cada vez mais dinheiro.

Vários aparelhos de televisão projetavam clipes do telão principal e um palco central promovia shows de *striptease* com as bailarinas. A boate funcionava de quinta a domingo e nunca fechava antes do avançar da madrugada.

Conviver naquele ambiente foi uma tarefa desafiadora. O ar estava sempre impregnado com cheiro de álcool, cigarro e outras substâncias. As luzes piscando sem parar, o som alto e as pessoas falando ao mesmo tempo me deixavam zonzo.

Mesmo assim, eu tinha de ficar atento para evitar confusão.

Era quase rotina acontecerem desentendimentos por pequenas bobagens. Uma esbarrada involuntária, um olhar provocativo para uma acompanhante ou até mesmo a vontade de se mostrar mais poderoso que o outro eram motivos para começar uma confusão. Meu trabalho, junto com outros seguranças, era evitar descontrole.

Eu levava o dinheiro para casa todo fim de semana e ajudava nas despesas. O horário prejudicava a convivência com minha esposa e meu filho, mas, vendo que eu estava trabalhando e provendo as necessidades, o clima ruim foi ficando para trás. Como Akira estudava no período vespertino, eu costumava levá-lo à escola e buscá-lo no fim da tarde. E quando Laila não estava de plantão, conseguíamos ficar todos juntos, ao menos por um período.

Eu não falava muito sobre o trabalho, pois não havia nada de interessante para reportar sobre isso em casa. Nossa relação tinha recuperado a aparência de normalidade, mas uma ansiedade incontida ainda nos deixava inseguros e vulneráveis um com o outro.

Depois de três meses, eu já estava gostando do trabalho na boate.

O ser humano é bastante flexível e se ajusta com facilidade ao hábitat em que está inserido. E aquele não era um ambiente estranho para mim. Na juventude, gostava dos lugares onde música, bebida, mulheres e baseado batiam ponto. Havia deixado um pouco disso para trás, mas estar ali reacendeu aqueles instintos adormecidos, contribuindo para acentuar o afastamento sistemático da minha esposa.

    Comecei a fazer intermediação de droga no recinto da boate. Eles chamavam essa atividade de *avião*, aquele que leva e traz os bagulhos e trafega entre os grandes traficantes e os gerentes das bocas de fumo. O ofício era por demais perigoso. Eu poderia ser punido tanto pelos donos da boate como pelos clientes, caso me denunciassem. E havia um perigo ainda maior que era levar carteirada de algum traficante e ter de pagar por isso. Às vezes com a própria vida.

    O que me motivava era a grana extra, que me ajudava a manter as despesas de casa em dia.

    ⇉ ⇇

    Eu me envolvi com uma das moças que se apresentava no palco central da boate. Ela se chamava Bárbara, tinha 27 anos e havia chegado de Minas Gerais para trabalhar como cantora. Na minha opinião, ela jamais seria um fenômeno com a voz, mas fazia sucesso na boate.

    Era o pecado em estado puro.

    Os clientes mais afoitos avançavam para cima dela, tentavam apalpá-la, e nós, os seguranças, éramos obrigados a contê-los, o que acabou nos aproximando. Mesmo com o alerta do gerente sobre a inadequação do comportamento, não conseguimos evitar a paixão fulminante que nos envolveu.

    Fiquei cego a ponto de não me sentir traindo minha esposa. Por outro lado, tinha certeza de que a moça não me levaria a sério, mesmo me achando um cara diferente, que a tratava com atenção e respeito. Para ela, eu não passava de mais um caso em sua longa lista de parceiros. Várias vezes, os colegas me alertaram para tomar cuidado, que eu poderia me arrepender, porém não conseguia me desvencilhar.

O que imaginava ser um envolvimento passageiro estava se tornando um caso sério e complicado. Pelo menos da minha parte.

Cheguei a pensar em sair de casa e alugar um apartamento para morar com ela. O que me impediu foi a forte ligação que ainda tinha com minha família. A responsabilidade para com eles falou mais alto. Quando eu admitia essa possibilidade, alguma coisa dentro de mim refreava o ímpeto e me fazia recuar. O pior de tudo era que eu tinha absoluta certeza de que não daria certo, mas não conseguia conter o impulso de tê-la só para mim.

Como se isso fosse possível.

Bárbara era uma moça sem raízes.

Havia escolhido uma vida errante, sem compromisso e sem moradia. Assim continuaria até quando seu corpo suportasse. Não se prenderia com um *joão-ninguém* como eu, *sem eira nem beira*.

Fiquei sabendo disso da pior forma possível.

Certa feita, quando entrei na boate para iniciar o meu turno, eu a cumprimentei, porém ela mal correspondeu. Passou por mim se dirigindo ao camarim. Fiquei intrigado, imaginando o que teria acontecido. Não tive oportunidade de falar com ela durante a maior parte da noite, pois o gerente me chamou para ficar de olho em um grupo de jovens mais exaltados e o tempo passou.

Ao ser anunciado o *striptease*, eu prestei atenção quando ela entrou no palco.

Estava deslumbrante como sempre, captando para si olhares indiscriminados de todos. Fiquei orgulhoso ao pensar que era dono daquela preciosidade. Meu peito arfou e meus batimentos aceleraram ao mesmo tempo que uma sensação ruim passou pela minha mente.

— Eu não sou dono de coisa nenhuma! — murmurei.

Ela era uma mulher do mundo e assim continuaria sendo.

Meus pensamentos vagaram até minha casa. Imaginei Laila dormindo ao lado de Akira e minhas têmporas latejaram. Com certeza estaria exausta de mais um dia de trabalho e, quem sabe, até rezara por mim. Que ingratidão da minha parte estar envolvido com outra pessoa. Balancei a cabeça e desviei o olhar do palco.

Não podia continuar. Precisava dar um fim àquela agonia.

Fui até o balcão e pedi um uísque.

O atendente era meu amigo e me serviu uma dose, balançando a cabeça para um lado e para o outro, em sinal de reprovação. Ele nos repreendia, mas sempre nos dava um trago de forma velada, sem que o gerente percebesse. Era um escape para suportar aquela tensão constante do trabalho que fazíamos.

Tomei outra dose ao mesmo tempo que o show chegava ao auge e as pessoas batiam palmas e assoviavam. A apresentação fora um sucesso, como sempre. Não consegui me conter e dirigi-me para o palco para encontrá-la no patamar da escada. Eu havia decidido terminar, mas queria ficar com ela pela última vez. Chegava a sentir o calor dos seus braços envolvendo meu corpo. Aquele tesouro saciaria minha sede e depois eu iria para casa e nunca mais voltaria a encontrá-la. Deixaria o emprego, mesmo que significasse ficar desocupado e sem dinheiro.

Não seria a primeira vez, e com certeza outra ocupação apareceria.

Qual não foi minha surpresa quando ao descer ela ignorou-me ao pé da escada. Caminhou entre a multidão e sentou-se em uma mesa onde havia três homens e uma mulher. Eu já observara aquela mesa, que parecia ocupada por um cara importante, sendo que os outros dois pareciam ser guarda-costas. A mulher, eu não soube identificar o que ela fazia ali. Poderia ser amiga dele ou, quem sabe, acompanhante de algum dos outros.

O gerente fazia questão de prestar cortesia, o que demonstrava a importância do visitante. Bárbara aconchegou-a ao lado do anfitrião, enlaçou seu pescoço e deu-lhe um beijo carinhoso nos lábios. Foi a senha para que eu perdesse o juízo. Caminhei em direção à mesa, abrindo espaço entre as pessoas, sem notar que estava sendo rude. Muitos reclamaram, mas nem dei atenção. Parei em frente ao casal e olhei fixamente para ela.

— Você está ficando louca? O que significa isso? — gritei exasperado.

Ela olhou para mim como se nunca tivesse me visto. Voltou-se para o homem que a acompanhava e continuaram conversando. O dito-cujo me observou da cabeça aos pés e fez um sinal para o capanga dele, que se levantou, postando-se na minha frente. O cara parecia um daqueles brutamontes dos filmes de gângster, com olhar penetrante e nenhuma expressão.

— Dê o fora, rapaz. Está se metendo em confusão! — advertiu.

Eu estava cego de ciúmes, de raiva, de decepção.

Tentei empurrá-lo com força, mas ele acertou-me um soco fulminante, que me deixou zonzo. Uma confusão se formou e os meus colegas me levaram para a sala de segurança, evitando mais complicações.

Fui dispensado do emprego naquela mesma noite.

O gerente da boate me avisou que o cara era um traficante poderoso, além de ser o dono da boate. Só relevou o caso por estar muito interessado em Bárbara, mas exigiu que eu fosse dispensado. Mandou me avisar que não a procurasse novamente, sob pena de terríveis consequências.

Fui para casa e fiquei por uns três dias amuado.

Ainda sentia muita atração por aquela moça, mas, olhando para minha família, me convenci de que tinha me precipitado. A aventura poderia ter causado uma tragédia. Prometi para mim mesmo envidar todos os esforços para cuidar da minha família.

Com o passar dos dias, voltei a remoer o assunto e assim fiquei por algumas semanas. Apesar do compromisso assumido comigo mesmo, e das advertências feitas pelo gerente da boate, não me conformei. Uma voz dentro de mim sussurrava que precisava encontrá-la de novo. Ouvir de sua própria boca que não queria mais nada comigo.

Ao mesmo tempo, me sentia um idiota.

Eu havia visto ela deixar o palco e caminhar toda faceira ao encontro do novo capacho, fazendo de conta que não me conhecia.

Mas estava obcecado.

Liguei várias vezes para ela, que não me atendeu nem retornou as ligações. Comprei um telefone de chip pré-pago e desta vez ela atendeu. Quando me identifiquei, ela quis desligar; insisti que gostaria de vê-la novamente, mas ela não se mostrou interessada.

— Então vou te encontrar na boate — arrisquei.

— Não venha, Josias! Não temos nada para conversar. Isso já deu no que tinha que dar. Me deixe em paz, pois você está me prejudicando — ela ordenou e desligou.

A raiva me deixou transtornado e passei a tarde bebendo. À noite fui à boate. Os rapazes me deixaram entrar, não sem antes me orientar para evitar confusão. Fiquei num canto do balcão e abusei das doses de uísque. O gerente veio até mim e disse:

— Está entornando muito, Josias. Isso não é bom para você — aconselhou.

Continuei calado, observando o movimento, até quando ela apareceu no palco.

Estava linda como sempre.

Tive a impressão de ter me cumprimentado com um breve aceno com a cabeça.

Olhei em volta e não vi o cara da outra noite.

Pensei que talvez tivesse uma chance.

Quando o show terminou, ela foi direto para o camarim.

Eu a segui e, quando entrei, ela estava se despindo.

Aquela visão escultural me esfogueou por dentro. Caminhei até ela, puxei-a pelos ombros e abracei-a com força. Fechei os olhos e no mesmo instante senti uma forte pancada na cabeça. O guarda-costas do traficante estava de olho e, sem eu perceber, havia me seguido até os aposentos.

Ele desferiu uma coronhada na minha têmpora, que dobrou meus joelhos. Desabei no chão inconsciente. Em seguida, me arrastou para um carro e me jogou no porta-malas, levando-me até um terreno baldio perto do lixão, onde me desovou.

Acordei rodeado de ratos e urubus, não entendendo como havia chegado ali.

Devagar, consegui lembrar dos acontecimentos e não acreditei que ainda estivesse vivo. Pura sorte, pois esse tipo de gente não costuma ter dó nem piedade.

Levantei-me e caminhei para fora daquela imundície. Recuperei minhas forças e voltei para casa.

Não fazia sentido continuar com aquela obsessão. Já havia arriscado demais.

Passei a mão pelo cabelo e o sangue ressecado me fez lembrar, novamente, que eu tinha uma família, e que por pouco não os deixara desamparados. Tudo por causa de uma paixão inconsequente, não correspondida e perigosa.

CAPÍTULO XVI

No passado recente...

Não fiquei desempregado por muito tempo.

Quase um mês depois de sair da boate, minha mãe nos convidou para almoçar. Estava bastante realizada em sua nova vida. Raimundo a tratava como rainha e até empregada contratou para cuidar da casa. Durante o almoço, ele disse que soubera da minha demissão e tomara a liberdade de me indicar para um trabalho. Eu fiquei um tanto ressabiado, mas não podia recusar.

— Do que se trata esse trabalho, Raimundo? — perguntei.

— Um amigo meu, antigo cliente do banco, é proprietário de uma empresa de segurança. Dentre os serviços que ele presta, tem o departamento de escolta armada. Os agentes protegem as cargas que as empresas de logística transportam. O serviço tem um certo risco, mas o que não tem risco hoje em dia? — explicou ele.

— Eu tenho curso de vigilante. Serve para esse tipo de trabalho também. Só não sei se eles me aceitarão com o meu currículo. Existem algumas anotações, você sabe...

— Não se preocupe. Eu já adiantei os problemas que você teve e ele me garantiu que isso não vai atrapalhar — afirmou ele.

— Fico muito grato, Raimundo. Deus há de lhe pagar em dobro — agradeci.

— Não precisa agradecer. Somos uns pelos outros — finalizou.

O novo trabalho demandava viagens de até três dias, acompanhando as cargas despachadas de uma central de medicamentos.

Era uma jornada lenta e monótona. Os caminhões precisavam obedecer a um limite de velocidade, sendo penalizados se infringissem as regras estabelecidas. Quando pegavam uma subida, então, era um caos. Às vezes, trafegavam quase parando e nós tínhamos que seguir atrás, vigilantes, para evitar contratempos.

Minhas rotas interligavam os estados de Goiás, Minas Gerais e Distrito Federal, onde os roubos eram menos frequentes. Nos caminhos do Sudeste, principalmente no Espírito Santo e no Rio de Janeiro, era onde aconteciam os maiores incidentes, com histórico de tiroteios e mortes de vigilantes. Esperava que não viesse acontecer em nossas viagens, mas, se fosse preciso, estaria preparado.

Eu já me acostumara com a rotina do novo trabalho, apesar de sentir falta de voltar para casa todos os dias. Às vezes ficava dois ou três dias sem viajar, então aproveitava para curtir a família. Enquanto Laila trabalhava, eu saía com Akira para atividades simples e prazerosas: jogar futebol ou tomar sorvete no parque. Eram momentos inesquecíveis, cheios de cumplicidade. Akira crescia a olhos vistos, e cada dia se mostrava mais atento e ligado às coisas que aconteciam ao seu redor.

Ele era forte e ao mesmo tempo indefeso.

Nos momentos de contemplação, eu sentia o peso da responsabilidade. Voltava aos recôncavos das minhas lembranças, quando ainda pequeno. Sentira muita falta da presença de meu pai.

Os seres humanos têm uma capacidade infinita de adaptação, em especial as crianças, que na maioria das vezes não podem exercer sua vontade. A ausência do pai ou da mãe em lares desfeitos pode não deixar os filhos com sequelas físicas, mas criam profundas cicatrizes emocionais, que carregarão por toda a vida. Meu propósito era assumir o desafio de não deixar que ele carregasse as mesmas marcas que eu suportava. E contribuir para que suas escolhas fossem mais assertivas do que as minhas.

Certo dia, sentado no banco da praça, eu o observava brincar com outro garoto. Um homem sentou-se ao meu lado e disse:

— Belo garoto, Josias. Qual o nome dele?

Virei-me e deparei com aquele policial que me abordara na empresa de distribuição, e para o qual, por um tempo, eu entreguei a propina do contrabando. Não sabia o nome dele nem tinha gravado muito bem a sua fisionomia. Mas aquela voz de trovão era inconfundível. Fiquei um pouco assustado e quis me levantar, então ele disse:

— Não vou te perturbar muito. Só quero combinar uma coisa com você.

Eu fiquei quieto enquanto ele falava.

Disse que gostaria que eu levasse uma encomenda para um parceiro dele, em uma das rotas que trabalhava. Explicou que não haveria problema, que não se tratava de nada perigoso e, no fim, eu seria bem remunerado.

Enquanto ele falava, meu sangue fervia nas veias.

Quando imaginava ter deixado tudo para trás, me aparecia o fantasma da delinquência novamente. Argumentei que não estava disposto, que não colocaria meu emprego e minha família em risco, mas ele insistiu:

— Eu posso denunciar você. Sei de todos os seus pecados. Não quer que nada aconteça com a sua família, não é? — disse ele, em tom ameaçador.

Fiquei possesso. Como ele se atrevia a me fazer ameaças?

— Se você tocar em minha família, eu mato você! — exclamei, com sangue nos olhos.

— Calma, Josias, não fique nervoso. Nada vai acontecer. É só levar o pacote e entregar para uma pessoa que vai ligar para você. Está aqui nesta sacola — disse ele.

Deixou uma sacola ao meu lado e se levantou. Seguiu em direção ao carro e alguns passos adiante se virou para mim:

— Assim que você voltar, venho buscar a encomenda neste mesmo local — finalizou.

Tive uma vontade enorme de correr atrás dele, socá-lo com todas as minhas forças e acabar com aquela chantagem. Abri os braços, puxando um pouco de ar.

Olhei para a sacola e dei um safanão, derrubando-a no chão.

Era muita petulância da parte dele achar que eu iria me submeter a isso. Voltei os olhos para Akira, tão inocente, brincando despreocupado.

— Não posso colocá-lo em risco — murmurei.

Peguei a sacola do chão e olhei para o seu interior.

Dentro tinha um pacote retangular, embrulhado em um papel cinza, pesando mais ou menos um quilo. Junto do embrulho, um telefone celular daqueles bem simples que fazem apenas ligações.

— Maconha, com certeza! — resmunguei.

Minhas têmporas latejavam como se minha cabeça fosse explodir.

Mais uma vez, eu estava sendo enredado nas teias da contravenção, e o pior: sendo levado a isso por pessoas que deveriam estar ao lado da lei.

Era muita falta de sorte.

Pensando friamente, era um risco enorme rebelar-me sem conhecer a real extensão das conexões.

Não sabia quem estava envolvido e o grau de periculosidade daquelas pessoas. De uma coisa eu tinha certeza: não eram anjos.

Chamei Akira e fomos para casa.

No outro dia, fui trabalhar e, quando chegamos ao destino, aquele telefone tocou. Atendi, e um cara me disse para encontrá-lo na esquina de uma avenida perto da central de medicamentos. Ele trazia outro pacote que deduzi tratar-se do dinheiro pelo pagamento da droga. Fiz a troca e na volta entreguei ao policial. Ele quis me remunerar pelo serviço, mas eu não aceitei. Estava decidido a não ceder mais.

※ ※

Foram meses de tensão e sofrimento.

Nós fazíamos aquele trajeto a cada duas semanas. Eu tinha que executar um verdadeiro malabarismo para esconder do meu parceiro que levava encomendas não autorizadas.

O regulamento da empresa era claro sobre isso.

Não podíamos dar carona para ninguém, mesmo em caso de desastres ou contratempos na estrada. Existiam históricos de ocorrências com falsos eventos, pessoas pedindo socorro, simulando acidentes e, na verdade, eram arapucas para neutralizar as escoltas e roubarem as cargas.

Por isso, a determinação era clara: não transportar objetos não autorizados; não dar assistência, carona ou ajuda para qualquer desconhecido. A pena era demissão sumária.

Por essa razão, estava infringindo várias normas. A primeira, uma lei universal de não cometer ilicitudes. A segunda, contrabandear drogas, pois, mesmo não tendo aberto o pacote, eu tinha convicção de que se tratava de maconha. E desobedecendo o regulamento da empresa.

Ainda havia uma última coisa que agravava ainda mais a situação: eu estava escondendo minhas atividades ilícitas do meu parceiro e, de certa forma, envolvendo-o no problema. Caso eu fosse denunciado ou preso, com certeza ele seria arrolado como cúmplice, mesmo não sabendo nem participando do esquema.

Eu temia pela minha família, não queria que nada de mal acontecesse com eles. Em face disso, submeti-me ao vigarismo daquele policial. Pensei em pedir demissão da empresa, procurar outro trabalho onde eles não me encontrassem, mas não me convenci de que essa seria a melhor solução, afinal, eles me encontraram.

A angústia e a incapacidade de resolver a situação levaram-me a buscar amparo na bebida. Eu já gostava de beber, e levado pela pressão e pelas circunstâncias acabava exagerando. Isso afetou mais uma vez meu relacionamento com Laila. Na maioria do tempo eu ficava taciturno, envolto em meus fantasmas e, ao invés de conversar com ela, me fechava em copas.

No começo, ela ainda insistiu que conversássemos, porém foi desistindo à medida que eu não me abria. Mas como eu poderia contar o que se passava? Ela não entenderia, me forçaria a denunciar os policiais, o que poderia colocar em risco a nossa segurança. Era melhor manter o assunto apenas comigo até encontrar uma saída.

Tinha esperança que de alguma forma as coisas se resolveriam.

Nas últimas viagens que fizemos, o policial não apareceu para entregar a encomenda. Fiquei intrigado e ao mesmo tempo aliviado. Meu parceiro notou minha desenvoltura e até comentou:

— Você está diferente, Josias. Parece bem mais feliz.

Eu não disse nada.

Olhei para ele e sorri, desviando os olhos para a paisagem.

Não questionei nem fui atrás de respostas, torcendo para que fosse o fim daquela odisseia. Quem sabe o policial não aparecesse mais e me deixasse em paz. Voltamos para casa e no cair da tarde fui passear com Akira. Só voltaria a trabalhar dois dias depois e queria aproveitar o momento de alívio para curtir meu filho. Enquanto eu o observava, a cena se repetiu.

Um homem sentou-se ao meu lado no banco da praça. Virei-me para ver quem era e o sangue gelou nas veias.

— Lembra-se de mim? Sou o parceiro daquele policial que te abordou — disse ele.

O pesadelo havia retornado.

Toda a minha euforia com a possibilidade de retomar à normalidade se esvaía. Encarei-o e sua expressão carregada chamou-me a atenção.

Ele continuou:

— Houve uma troca de tiros e o meu parceiro foi baleado. Acabou morrendo. Eu não queria fazer parte desses rolos dele, mas ele me obrigava. Quero dizer que vou refazer minha carreira e que você não deve mais se preocupar. Ninguém vai te procurar.

O homem levantou-se e desapareceu.

Fiquei anestesiado. Não sabia se ria ou se chorava, se gritava ou se saía correndo pela praça.

Levantei-me, fui até Akira, peguei-o nos braços e o apertei contra meu peito. Mas uma vez o destino ajudava-me a corrigir os meus pecados.

Voltamos para casa, e pela primeira vez em muitos meses eu dormi sossegadamente ao lado da minha esposa e do meu filho.

CAPÍTULO
XVII

No passado recente…

Acordei com meu telefone vibrando, costumava tirar o volume durante à noite.

Eu tinha o sono muito leve, e a vibração da chamada me despertou. Um pouco sonolento, identifiquei o número de Deby no visor do aparelho.

Eram 2h30 da manhã.

Peguei o aparelho, levantei-me devagarinho e abri a porta com cuidado. Não queria acordar Laila.

— O que aconteceu, Deby? — perguntei assim que atendi o telefone.

Ela soluçava baixinho e não me respondeu. De repente, desligou.

Tentei ligar, mas ela não atendeu.

Resolvi enviar uma mensagem, mas ela foi mais rápida. Antes que eu começasse a digitar, o texto dela apareceu em minha tela.

Deby: Desculpe-me, Jô. Te acordei no meio da noite, mas precisava falar com alguém. Tive uma briga feia com Ramiro e não sabia para quem ligar. Não queria incomodar a mamãe.

Eu: Por que brigaram?

Deby: As bobagens de sempre.

Eu: Fique calma e procure descansar, amanhã você me conta tudo.

Deby: Tá bom, desculpe-me mais uma vez.

Acendi um cigarro e fiquei imaginando o que poderia ter acontecido para minha irmã ligar em plena madrugada. Antes de terminar o cigarro, Laila apareceu. Ela me abraçou e perguntou:

— O que está acontecendo, querido?

— Deby ligou chorando. Mais uma briga com o marido — respondi.

Ela balançou a cabeça e passou a mão no meu cabelo.

— Venha dormir. Amanhã você conversa com ela.

Concordei que era o melhor a fazer naquele momento.

Voltei para a cama e tentei pegar no sono, mesmo sabendo que não conseguiria. Conhecia Deby o suficiente para saber que não me ligaria se fosse pelas *bobagens de sempre*.

Quando pequeno, havia um casal de vizinhos ao lado da nossa casa. Eles brigavam constantemente, xingavam-se e depois se reconciliavam. Era como se nada houvesse acontecido. Minha avó dizia:

— Jô, em briga de marido e mulher, ninguém deve meter a colher.

Mas como não se meter quando é com a sua irmã?

Desde o início, soube que as coisas não seriam fáceis para ela. Primeiro, a diferença social: nós éramos pobres, criados com simplicidade e acostumados com a dureza da vida. Nunca tivemos mordomias ou benesses. Sempre lutamos para conseguir as coisas, enquanto Ramiro, por outro lado, nascera em berço de ouro, nunca havia trabalhado e sempre recebera todos os mimos possíveis.

Não que isso fosse um defeito ou um desvio de personalidade. O problema era usar dessa condição diferenciada para humilhar e pisar em outras pessoas. Apesar de nossa família ser pobre, minha irmã tinha o espírito elevado. Era divertida e encarava a vida com leveza. Eu dizia que, se ela tivesse nascido no século passado, seria uma princesa.

Havia pessoas que, pela própria condição social, se isolavam e achavam que não mereciam se relacionar com gente de classe social diferente.

Não era o caso dela.

Na sua concepção, todos somos iguais. As pessoas deveriam ser felizes com aquilo que têm e, se quisessem mais, que lutassem por isso.

Eu a admirava.

Para mim havia muita injustiça, principalmente nas oportunidades, que não eram iguais para todos. Tivemos muitos embates sobre isso em nossa adolescência, mas no fim a gente concordava que não adiantava ficar chorando. As pessoas não dariam atenção às nossas queixas, pois cada qual estava lutando para conseguir seu próprio espaço. O que restava era seguir em frente e fazer o melhor possível.

No outro dia de manhã, telefonei para Deby, mas ela não quis falar ao telefone. Marcamos de nos encontrar no shopping para almoçar.

Cheguei um pouco antes da hora, pois queria comprar um tênis que Akira havia pedido. Eu estava enroscado para lembrar qual número ele calçava, quando ela chegou.

— Ele calça 32, Jô!

— Obrigado, eu me atrapalho sempre com isso — retruquei.

Pediu desculpas, mais uma vez, por ter ligado de madrugada.

Notei que estava desesperada.

Contou-me que haviam saído para jantar e o esposo exagerou na bebida. Na volta, percebendo que ele estava embriagado, ela havia pedido para dirigir, ele não concordou. Passou, então, a acelerar o carro em velocidade incompatível, colocando a vida deles em risco.

Ela falava e seus olhos orvalhavam.

— Pedi várias vezes que ele fosse mais devagar. Implorei, até! E, quando comecei a chorar, ele simplesmente acelerou mais. Eu gritei para ele parar, então ele virou o braço e me deu uma cotovelada. Acho que eu desmaiei por alguns instantes.

Ela tirou os óculos para limpar as lágrimas e pude ver o hematoma em seu olho esquerdo. As pálpebras roxas quase fechavam por cima dos cílios.

Senti uma revolta profunda, vontade de matá-lo, de acabar com a vida dele. Era muita covardia. Usar de sua força para atacar alguém que não tinha condições de revidar.

Ainda mais sendo a minha irmãzinha querida, aquela pessoa doce e meiga com quem eu dividira os melhores momentos da vida.

— Isso não vai ficar assim. Esse desgraçado vai pagar caro pelo que fez com você! — prometi.

— Não quero que você faça nada. Eu vou me separar dele — disse ela, com a voz firme.

Perguntei se havia feito uma ocorrência policial e, quando disse que não, propus que fôssemos à delegacia para registrar o fato. Mesmo relutante, Deby entendeu que era importante registrar a agressão no distrito policial. Apesar de já ter passado o flagrante, o delegado iria abrir um inquérito para apurar os acontecimentos e isso serviria para amparar futuras medidas protetivas.

— Não quero mais viver com ele. Perdemos o respeito um pelo outro. Não o admiro mais. Por isso, não vale a pena insistir numa relação deteriorada — desabafou.

— Ele não vai te deixar em paz — adverti.

— É o preço que tenho de pagar. Eu já me sujeitei demais. Chega o momento que o amor-próprio fala mais alto. Se eu não tomar uma atitude agora, perderei até minhas referências como pessoa.

Eu conhecia um advogado muito respeitado da época em que havia sido condenado e prometi falar com ele para avaliar a questão.

Depois do almoço, Deby foi buscar Leonora na escola e me pediu que não falasse nada para a mamãe. Ela não queria voltar para casa, então liguei para Laila e combinamos que ela ficaria conosco até se acalmar.

Não foi fácil para ela, e principalmente para mim, suportar os dias seguintes.

Ramiro não deu sossego, ligou insistentemente a semana inteira. Apareceu na minha casa querendo falar com ela. Eu quase perdi o controle, agredindo-o ali mesmo, no meio da rua. Me contive pelo bem da minha irmã. Não podia deixar a emoção complicar as coisas ainda mais.

Depois de uma semana isolada, Deby se encontrou com o marido no escritório do advogado para colocar os termos da separação. Eu e minha mãe, que a essa altura já estava por dentro dos acontecimentos, fomos juntos. Ramiro não concordava em se divorciar, afirmou estar arrependido e prometeu que mudaria pelo bem deles.

Deby não cedeu. Ela se cansara de tanta humilhação.

Quando percebeu que não a convenceria a desistir do divórcio, ele passou a ameaçá-la, dizendo inclusive que não assinaria os documentos.

Seria uma longa batalha, mas o importante era que ela estava segura da decisão tomada. O advogado era muito experiente e conduziu o processo de forma segura.

Apesar de todas as artimanhas produzidas pelos defensores de Ramiro, o divórcio se concretizou. Mas não garantiu tranquilidade para minha irmã nem para nossa família, pois ele vivia infernizando-a com telefonemas, aparições fora de hora e toda a sorte de incômodos.

— Isso vai acabar gerando confusão — eu dizia para minha mãe.

O juiz decretou medidas restritivas de proximidade, determinou pena de prisão caso ele se aproximasse dela, mas nada o impedia de continuar a importunar. Por duas vezes ele foi levado para a delegacia após fazer barraco na porta da casa de Deby. As reprimendas o deixavam ainda mais transtornado.

Ele ameaçava, prometia se vingar e aumentava a tensão.

O que restava era torcer para que o tempo se encarregasse de colocar um bálsamo nas feridas deles e cada qual pudesse seguir o seu caminho. A separação ao menos deu à minha irmã a oportunidade de abrir uma janela, procurar um novo caminho. Deixaria de sofrer humilhações e poderia recomeçar a vida.

Ela voltou a trabalhar e gastava o tempo vago cuidando da filha, Leonora.

CAPÍTULO XVIII

No passado recente...

• ■ ■ ■ •

Para comemorar um ano de casamento, Raimundo programou uma viagem com minha mãe.

Há muito tempo, ele falava em revisitar o seu passado, a cidade de Garanhuns, no sertão pernambucano, onde viveu nos tempos de juventude. Outrora uma cidade pequena, desenvolveu-se, tornando-se um grande polo de comércio e serviços.

Como outros nordestinos, Raimundo saiu cedo do sertão, acompanhando os pais na jornada pela busca de oportunidades. A família fixou residência em São Paulo, que era o destino de quase todos os migrantes. Iniciou sua carreira profissional em um grande banco como auxiliar de contabilidade. Quando atingiu o posto de gerente, foi transferido para a capital federal. Jamais retornou ao rincão onde nascera, mas nunca se esqueceu de suas origens.

Aquela volta, de certa forma, era uma redenção para os seus sentimentos, amarrotados de saudade. A jornada fazia parte de seus sonhos, acalentados desde a precoce partida para o Sudeste.

Não sabia o que ou quem iria encontrar.

Da geração antiga, apenas um tio ainda estava vivo. Os mais jovens, ele trocava correspondência com uma prima e um sobrinho. Apesar do pouco contato, não se desmotivava. Ao contrário, a possibilidade de encontrar os parentes deixados tão longe o enchia de expectativas. Queria rever seu torrão natal e abraçar seus contemporâneos.

Minha mãe nunca tinha andado de avião.

Insistiu com Raimundo para irem de carro, acreditando que não conseguiria permanecer por horas a fio adentro daquele tubo de alumínio. Ele quase concordou, mas Deby e os filhos dele argumentaram que seria uma viagem bastante cansativa e perigosa. Ele já não era nenhum garoto para dirigir mais de dois mil quilômetros por estradas pouco seguras. Prevaleceu o bom senso e minha mãe concordou em fazer a viagem de aeronave.

Para ela seria mais uma novidade. Uma descoberta na nova fase de vida.

A chegada em Garanhuns foi sem dúvida um acontecimento. Desde o desembarque no aeroporto, onde um sobrinho o esperava, até quando chegaram no hotel, tudo foi motivo de admiração.

A cidade crescera muito.

Onde estavam aquelas ruas poeirentas de outrora? Os caminhos que só ele conhecia? Os descampados onde soltavam pipa e jogavam futebol até o anoitecer? Pela janela do carro, via prédios, construções e muito movimento: carros, ônibus, pessoas correndo de um lado para o outro.

Um vai e vem constante e apressado.

— É o progresso — comentou em voz alta para si mesmo.

Marisa segurou sua mão e não disse nada. Compartilhava de seus sentimentos. Ele estava revisitando uma época de seu passado que com certeza lhe trazia nostálgicas lembranças.

O primo de Raimundo marcou um jantar para recepcionar o casal. À noite, quando chegaram, havia doze pessoas, entre jovens e adultos. Poucos dos presentes ele conhecia. Uma prima distante que morava perto da fazenda de seus pais, outros que conviveram na adolescência. A maioria jovens da terceira geração.

Foram muito bem recebidos.

Falaram dos parentes falecidos, de outros que também haviam partido, e de como as lembranças permeavam suas vidas.

Raimundo aguçou a curiosidade dos jovens contando suas peripécias na cidade grande. Muitos relatos e muitas recordações.

No dia seguinte, foram até o pequeno sítio onde ele nascera.

Caminhou por velhas trilhas quase desaparecidas em busca do riacho onde se banhava com os colegas. Praticamente nada mais existia. As águas antes caudalosas e transparentes não passavam de um filete sofrido escorrendo pela terra seca. Constatou que suas lembranças faziam parte de um passado distante, que ficara para trás. O local já não guardava os encantos de sua infância, os sons e os cheiros de sua adolescência.

Não conseguiu conter as lágrimas.

— As experiências que vivemos às vezes ficam presas no tempo e, quando nos deparamos com a realidade, sentimos o quão fugaz é a nossa existência — disse, quando nos encontramos.

O importante foi revolver essas memórias.

Tirá-las de sua mente e colocá-las no devido lugar: no baú do esquecimento. Se não tivesse feito aquela jornada, sempre se cobraria por ter deixado morrer uma parte de sua existência, da qual ele se lembrava com carinho. Após a viagem, se convenceu de que o passado é um caminho que não tem volta, e as reminiscências retratam os momentos vividos e que para sempre serão lembrados.

Muitas pessoas querem que o presente seja igual ao passado e não se desprendem das experiências vividas. Deixam o sentimento de nostalgia impedi-los de encontrar caminhos novos para suas breves existências.

Foi uma semana de intensas emoções.

Minha mãe presenciou a remissão de sentimentos adormecidos que cumulavam nas expectativas de seu esposo. Para ele, o resgate daquela parte de seu passado revivia lembranças e trazia paz para sua vida.

Muitas vezes eu ouvi minha avó falar das terras distantes, dos parentes deixados para trás, das recordações de lugares onde vivera. Quanta saudade ela deixava transparecer naquelas pupilas esverdeadas. Minha avó jamais voltara no seu passado que foi desaparecendo aos poucos. Primeiro com a morte precoce do esposo; depois, com sepultamento definitivo de seu corpo frágil, vencido pela doença.

Com Raimundo foi diferente. Ele pode fazer esse caminho de volta.

Valera a pena!

≫ ≪

Durante a viagem de volta, minha mãe reclamou de dores abdominais. Em casa, marcou consulta médica e foram pedidos muitos exames.

Após uma semana de consultas e laudos, constatou-se a existência de um tumor no intestino. O médico indicou uma biópsia no material recolhido e o diagnóstico foi bastante desanimador. Ela teria de ser operada para remover o abcesso e depois o tratamento deveria ser complementado com várias sessões de quimioterapia para tentar evitar que a doença voltasse a se desenvolver.

Mais uma batalha para minha mãe enfrentar na luta constante que fora a sua vida inteira.

Foi um choque para nós.

Pelas minhas lembranças, Marisa jamais ficara doente. Uma gripe, a dor nas costas, a enxaqueca persistente que a deixava mal-humorada representam o máximo de indisposição que ela sofrera.

Diagnóstico de câncer, essa doença terrível e maldita, nunca havia passado pela minha cabeça, muito menos na dela. Na maioria das vezes, os sintomas são pequenas alterações no organismo que as pessoas relevam. A consolidação da enfermidade se dá aos poucos e quando o problema aparece já está em estágio adiantado.

Ficamos abalados, diferentemente dela, que nos animou, dizendo que não seria derrotada por mais um desafio. Já tivera tantos em sua vida e os vencera. Seu otimismo nos contagiou e passamos a encarar essa mazela com a certeza de que ela seria vencedora.

Raimundo procurou os melhores especialistas e deu todo o apoio de que ela precisava. Esmerou nos cuidados para que minha mãe tivesse as melhores condições possíveis para o enfrentamento do problema.

Ele já havia presenciado o sofrimento com sua primeira esposa e sabia que deveria ser forte para enfrentar o problema novamente.

CAPÍTULO
XIX

No tempo presente...

· ■ ■ ■ ·

Acordei assustado por volta das 9h da noite.
A sirene tocava insistentemente, reverberando aquele som angustiante pelas paredes das celas. Sentei-me no beliche e esfreguei os olhos tentando enxergar na escuridão.
Cigano tateou o interruptor e acendeu a luz do teto.

— Alguma merda aconteceu — resmungou, levantando-se da cama.

O presídio estava em polvorosa.

Alguns detentos esticavam o pescoço pelo vão das grades tentando enxergar no corredor. Um guarda passou batendo o cassetete no ferro para chamar atenção. Era o sinal de que as travas seriam abertas e que deveríamos caminhar para o pátio. Um barulho ensurdecedor tomava conta da galeria que dava acesso ao átrio central.

Uns assoviavam, outros gritavam e ninguém entendia nada.

Os apitos dos guardas sobrepujaram a balbúrdia, exigindo silêncio. Engraçado, eles faziam mais barulho que os detentos para que a horda de presos ficasse calada. Era um sinal que todos entendiam. Desobedecer, na certa, causaria retaliação, e ninguém queria ficar marcado para receber castigos desnecessários.

Enquanto os ferrolhos eram destravados, a curiosidade tomava conta da multidão. O que teria acontecido? Quem teria se metido em confusão tão tarde da noite? Era esperar para ver!

Eu imaginava uma tragédia daquelas! Alguém teria armado uma trapalhada e com certeza haveria mortos e feridos. O que era comum acontecer, só que não naquele horário. Da última vez em que fomos levados para o pátio, fora do horário de tomar sol, havia sido por causa de duas mortes. Os presos se engalfinharam dentro do pequeno espaço em que viviam, se estocaram com estiletes feitos à mão e, ao fim, caiu um para cada lado.

Sangraram como porcos quando abatidos nas fazendas. Os gemidos longos e guturais nos fizeram arrepiar os costados.

— O que aconteceu dessa vez? — perguntei para o Adailton.

— Não tenho ideia — respondeu ele, com seu jeito ranzinza.

Fomos empurrando uns aos outros em direção à saída e pegamos o corredor principal. A luz opaca e a respiração ofegante dos presos causavam uma sensação ruim.

Caminhávamos como uma boiada, pressionadas no embarcadouro, escorando uns nos outros. Os pés tateavam o chão para não perder o equilíbrio e cair. Logo na frente, o formigueiro de presos foi se desviando para a esquerda como se houvesse um obstáculo a ser contornado.

E realmente havia.

Um odor fétido exalava naquele corredor abarrotado de gente.

O suor dos detentos, misturado com cheiro de fezes e sangue, quase me fez vomitar. Cheguei a ter ânsias e segurei para não emporcalhar os outros. O suor ardido eu até entendia, pois muitos ficavam semanas sem tomar banho. Mas de onde vinha o cheiro de sangue e fezes?

De repente, encontrei a resposta.

Uma espetáculo macabro se apresentou à nossa frente, a uns dez metros, no fim do corredor. Na porta da última cela do passadiço, que era habitada pelo Caveira, uma cena de terror se estampava sob os nossos olhos.

Caído de lado, com os olhos arregalados, o malfeitor tinha a garganta cortada quase de lado a lado. O sangue inundava o corredor e saía pela porta que dava acesso a outra ala. Mais à frente, a uns cinco passos de distância, outro corpo jazia estendido no chão.

Naquele ponto a luminosidade do corredor não era tão boa e não pude saber quem era. A multidão de presos continuava a caminhar devagar em direção ao pátio. Chegando mais perto, identifiquei o segundo corpo. Minhas pernas fraquejaram e não caí porque caminhávamos tão amontoados que sustentávamos uns aos outros.

Geninho jazia no chão, com uma abertura de quarenta centímetros na barriga.

O corte foi tão profundo que seu intestino escorregou pelo assoalho.

Estava explicada a origem do odor insuportável, que impregnava o local. Uma cena que se encaixava nos piores filmes de terror.

Enquanto observava a cena, lembrei-me de que Geninho havia saído da cela por volta das 17h. Passara o dia encabulado, sem falar com ninguém, raspando a cabeceira da cama com as unhas.

Ele cultivava as unhas grandes, bem afiadas e tinha muito orgulho delas. Uma vez me contou que, antes de ser preso, suas unhas faziam tanto sucesso que foram fotografadas para uma revista. Na prisão, por mais que tentasse cuidar delas, não conseguia muito destaque. Quebravam constantemente e as pontas afiadas ele usava para raspar as paredes, um ritual que dava agonia na gente.

Tentei falar com ele na hora do almoço, mas sua fisionomia estava impenetrável, como a navegar por áreas sombrias do inconsciente.

O que eu tinha certeza era de que ele não estava bem. No tempo que passamos naquele calabouço, ninguém nunca havia conseguido penetrar nas profundezas de sua mente. Era um vazio intransponível.

Geninho era alegre por fora, mas parecia sofrer imensamente em seu interior. Muitas verdades escondidas, muitas histórias contadas pela metade. Algumas vezes, quando estava bem descontraído, soltava reminiscências de sua infância e da adolescência. Demonstrava ter vivido entre muitas privações e preconceitos, o que explicava seu espírito desconfiado e sorrateiro. No fundo, ele queria viver de forma tranquila e respeitosa, sem hostilidade ou discriminação.

Quando o ouvia, não deixava de me lembrar do Deni. Meu irmão enfrentava intolerância e discriminação por causa de sua orientação sexual.

A diferença era que, apesar da pobreza e das dificuldades, o Deni encontrava apoio familiar. Nada que garantisse estar a salvo de sofrer abusos ou violência, tendo em vista a sociedade machista em que vivíamos.

Geninho, ao contrário, fora largado à própria sorte, e assim, encontrara um destino desafortunado. Vê-lo ali, quase cortado ao meio, com as vísceras derramando pelo chão e cheirando mal era um espetáculo grotesco.

Lembro-me de quando o cupincha do Caveira foi buscá-lo na cela.

O cara o chamou diversas vezes, fazendo o sinal com o dedo. Ele nem se moveu. Continuou quieto, com a cabeça baixa, fitando o chão. Na terceira vez, o brutamontes alterou a voz:

— Venha logo, veadinho! Deixa de fazer cu-doce!

Ele se levantou resoluto e saiu com passos rápidos.

Não olhou para nenhum de nós, não disse uma palavra. Vendo-o sem vida, no meio do corredor ao lado do seu algoz, permito-me dizer que ele já sabia o que iria fazer. Cigano contou-me depois que ele desabafou com ele algumas vezes, dizendo não suportar as humilhações sofridas e que estaria chegando ao limite. Falou até em dar cabo da própria vida, o que de certa forma acabou fazendo.

Um dos detentos que presenciara a cena contou que o Caveira e os parceiros foram surpreendidos pela atitude dele. Como não imaginavam o que se passava em sua mente, estavam descontraídos, gozando da fraqueza do pobre coitado e cientes do poderio e da força bruta que usavam para contê-lo.

Como das outras vezes, Geninho foi humilhado, seviciado e agredido.

Para aqueles brutamontes, não bastava fazer dele um objeto sexual para atender aos seus prazeres sórdidos, também o agrediram.

Depois que saciaram seus desejos, relaxaram, enquanto Geninho estava quieto, estendido no chão.

As gargalhadas penetraram em sua mente e foram ceifando sua visão. Ele se levantou devagar, sua mão deslizou pelas pernas ajeitando a calça. Alcançou a meia apertada que subia até a metade da canela. Ninguém notou, mas dali saiu uma navalha afiada, que rapidamente viajou até o pescoço do Caveira num golpe certeiro e mortal.

O bandido foi surpreendido pelo impacto do corte e o sangue golfou como uma torneira. Desorientado e cambaleante, se levantou tentando estancar o sangramento com a mão. Olhou para Geninho, espantado, e quis falar alguma coisa.

A voz não saiu.

Deu mais um passo e alcançou a cabeça de Geninho.

Com um safanão, ele o jogou contra a parede, pegou seu braço e o partiu como um graveto. Geninho gritou e deixou cair a navalha. Caveira pegou a arma e com raiva incontida rasgou a barriga do Geninho de um lado a outro.

O algoz caiu de joelhos.

— Ele girou a cabeça com os olhos arregalados, olhando para nós, mas tenho certeza de que não via mais nada — explicou o detento.

Caveira esticou o braço e alcançou o ombro de Geninho que também estava caindo. Estatelaram-se no chão, quase abraçados. Os estertores da morte os afastaram uns dez metros para o suspiro final.

Geninho não voltaria para a cela naquele dia, e Caveira terminava de forma trágica sua carreira de crimes.

Pensei, com alívio, que faltavam apenas quatro meses para cumprir minha sentença e dar o fora dali.

Não via a hora de deixar para trás aqueles muros cinzentos e toda a selvageria contida dentro deles.

Eu até gostava do Geninho, e vê-lo morrer daquela forma me deu vontade de terminar aquela odisseia. Recomeçar longe daquele ambiente tóxico e purulento. Quem sabe eu não teria uma oportunidade de caminhar por novas trilhas. Ver Akira crescer longe da criminalidade, tornar-se um homem respeitado e sábio.

Eu tive muitos sonhos e quase todos se perderam pelo caminho, entretanto, meu filho poderia ter chances melhores do que tive.

Eu estava longe fazia muito tempo, mas acreditava que Laila o ensinava os princípios da honestidade, a persistência para não desistir, a lutar contra as adversidades, como muitas vezes eu fiz. Torcia para que seu espírito fosse dotado de perseverança, determinação e foco.

Isso, com certeza, lhe daria condições para atingir suas metas e fincar os alicerces da construção de uma vida melhor.

CAPÍTULO XX

No passado recente…

A doença da minha mãe se revelou de uma agressividade terrível.

O médico oncologista nos chamou e orientou para que não perdêssemos tempo. O primeiro procedimento seria uma colectomia. A cirurgia era realizada com o objetivo de remover o tumor e eliminar obstruções. Dependendo do estágio da doença, seria necessário complementar o tratamento com sessões de quimioterapia.

E foi o caso dela.

— Quanto mais cedo o problema for atacado, mais chances teremos de vencer o tumor — disse o médico.

Uma semana após a cirurgia, Marisa já estava em casa. Coberta de mimos do esposo e amparada pelo carinho dos filhos, ela se recuperava muito bem. A bolsa de colostomia, usada para atender as necessidades fisiológicas, incomodava muito, mas era um procedimento necessário na cicatrização.

Eu a visitava duas vezes por semana, sempre acompanhado de Akira, o que a deixava muito feliz. Conversavam bastante, ela contava histórias infantis a ele.

Deby dedicava mais tempo a ela, acompanhando-a nas pequenas caminhadas que faziam perto de casa. Supervisionava a alimentação, ajudando as enfermeiras nos cuidados necessários.

Três semanas depois, a bolsa foi retirada e começaram as sessões de quimioterapia. Ela havia cortado o cabelo bem baixinho e passou a usar um lenço na cabeça.

Em nenhum momento deixou transparecer abatimento e fraqueza.

Marisa suportou bem o tratamento e, antes de completar um ano, já contávamos com a total recuperação dela. O cabelo, que era bem liso, voltou a crescer. Os fios surgiram encaracolados e brancos, o que a levou a pintá-los de uma cor alaranjada.

Tudo indicava uma batalha vencida.

Mas não foi o que aconteceu.

Os exames de acompanhamento detectaram tumores em outras partes do intestino. O médico não indicava nova cirurgia. O tratamento seria através de quimioterapia e radioterapia.

Foram meses muito sofridos.

Como da outra vez, os remédios aplicados eram muito fortes, causando reações em cadeia: ânsia de vômitos, cansaço, tonturas, feridas nas partes internas da boca e da garganta. Sem contar a queda de cabelo e a palidez nas faces.

Apesar de todos os padecimentos, minha mãe não se entregou. Sempre acreditou na capacidade de reação face às intempéries da vida. Nunca deixou que as dificuldades, por maiores que fossem, levasse-nos a desistir. Mais uma vez provou sua têmpera forte e decidida. Enquanto ficávamos tristes e abatidos, ela conseguia levantar o astral de todos.

— Vocês precisam acreditar que vamos vencer, meus filhos. Deus sempre esteve do nosso lado, e não vai nos abandonar desta vez — dizia ela.

O ser humano é curioso por natureza e sempre busca informações sobre aquilo que não conhece. Ao nos depararmos com um problema, principalmente de doença, começamos a pesquisar e nos informar sobre o assunto. Quando o problema é desfavorável a nós, costumamos duvidar da opinião dos médicos e buscar alternativas de todas as formas.

Desde o começo da doença, eu procurei me informar bastante sobre câncer de intestino. Li inúmeros artigos na internet, conversei com diversos amigos e cada um tinha uma história para contar.

Laila ouvia relatos de pessoas curadas no hospital. Deby falava de inúmeros conhecidos que haviam passado pelos mesmos problemas e estavam bem de saúde. Também ficamos sabendo de eventos que contavam o outro lado da história: pessoas que sofreram muito e não se curaram. Esses, nós deletávamos de nossos pensamentos. Fazia parte do nosso processo de negação da realidade.

Quando o problema está muito próximo da gente, ocorrendo com familiares ou amigos, demoramos a aceitar que pode haver um resultado oposto daquilo que desejamos. Na maioria das vezes, nos enganamos propositadamente, deixando de analisar possíveis desdobramentos lastimosos.

Raimundo sentiu o impacto da doença de forma arrasadora.

Ele já enfrentara uma tremenda provação com sua primeira esposa, que havia morrido de câncer. Após a morte dela, se martirizou por longo tempo, remoendo a perda que o deixara sozinho. Encontrou Marisa, revitalizou seus sonhos e acreditou ter se deparado com a felicidade mais uma vez.

A reprise do filme invadia o aconchego do seu coração, prostrando seus sonhos e esperanças. A pessoa querida sofrendo, e ele impotente diante da desdita que se abatia sobre suas vidas.

— Por que não comigo, que já vivi tanto? Marisa saberia enfrentar melhor o infortúnio, caso a doença me escolhesse — ele me dizia.

Sabemos que as mulheres têm uma força interior incomparável, assim como abnegação diante do sofrimento. Os homens, ao contrário, quase sempre fraquejam e ficam a reclamar da sorte. Quando conversávamos, eu e Raimundo, sentíamos o quanto aquele fato estava afetando seu equilíbrio emocional. No dia que a minha mãe voltou do cabeleireiro, com a cabeça raspada, ele chorou copiosamente. Ela resolveu assumir a careca em vez de ficar escondendo a queda contínua e inexorável dos fios.

— Estou parecendo artista de novela — dizia ela, lembrando uma personagem de um folhetim da televisão.

Passamos a conviver com o imponderável.

Tínhamos esperança de que ela melhorasse, entretanto nos víamos, a cada dia, obrigados a encarar a realidade de frente. Minha mãe tinha os dias contados, que poderiam se transformar em meses, mas nada indicava que essa situação pudesse mudar. Cada vez mais debilitada, o tratamento impunha sequelas incontáveis. Ela tinha sérias dificuldades para andar e até para conversar.

Triste sina para alguém com o espírito alegre, cheio de vida como ela. Quantas histórias contadas da juventude, quando era o centro das atenções, magnetizando os colegas com sua energia. O sorriso largo quebrava o coração dos rapazes e abria espaços para novas amizades. Uma companhia verdadeiramente encantadora.

≫ ≪

Em nossa casa, eu sempre fui o mais introvertido. Herdei o jeito durão do meu pai. Calado e introspectivo, eu quase não falava.

Já Deby era uma cópia da minha mãe. Desde pequenina, se mostrara expansiva e conquistadora. Onde estivesse, o espaço era dela. Por isso, sofria tanto com o padecimento de Marisa. Seu reflexo e referência estavam sumindo devagarinho, deixando um imenso vazio na sua vida.

Outro que sofria calado era o Deni. Minha mãe tinha uma enorme preocupação com ele. Achava-o frágil e desprotegido.

Um pouco antes de seu estado piorar, Marisa me pediu que não o deixasse sozinho. Ficar por perto e apoiá-lo sempre que precisasse. Eu prometi, mas já fazia isso de qualquer forma. Tínhamos uma relação de respeito e cumplicidade. Para ele, eu era o retrato do pai que não conhecera.

    O pedido aumentava minha responsabilidade, entretanto, não fugiria do encargo.

    Tudo acontecia de forma inversa com o Caco. Enquanto garoto e na adolescência, ele se mostrou sociável e participativo. Assim que a idade adulta foi chegando, passou a se fechar. Conversava o necessário e não dividia suas opiniões com ninguém. Poucos amigos desfrutavam e conheciam seus pensamentos mais íntimos. Esse comportamento solitário e introspectivo o fez visitar minha mãe apenas uma vez no hospital. Quando Deby ligava e dizia que ela perguntava por ele, a resposta era de que logo iria vê-la.

    Mas isso não acontecia.

    Eu às vezes pensava que o Caco tinha medo de ficar mais vulnerável ainda, vendo minha mãe definhar naquele estado.

    Talvez, quem sabe, quisesse guardar uma lembrança viva, alegre e descontraída de uma pessoa tão querida. Muitas pessoas não gostam de frequentar velórios, até mesmo de parentes, para não sobrepor uma imagem triste aos momentos alegres vividos com entes queridos. Também existem aquelas que não gostam de hospitais, de ver gente doente e sofrida, por afetar sua condição emocional fazendo com que prefiram ficar distantes e carreguem a pecha de insensíveis.

    São os mistérios da vida.

    O comportamento de cada pessoa é um universo particular, comandado pela mente e pelas suas percepções da realidade. Mesmo que discordemos, devemos respeitá-los e aceitá-los da forma que são.

    Um dia, depois de muita cobrança de Deby, Caco apareceu e aquilo que eu temia se materializou. Ele chorou muito, descontrolou-se e nunca mais voltou para visitar a nossa mãe.

CAPÍTULO XXI

No tempo presente…

· ▪ ■ ▪ ·

A morte de Geninho e Caveira mudou o dia a dia do presídio.
Por uma coincidência inesperada, a tragédia não foi encoberta como tantas outras que aconteceram. Um canal de TV independente, de um grande conglomerado europeu, fazia uma reportagem sobre as condições de vida dos detentos e registrou toda a cena e as manifestações dos internos. O documentário havia sido negociado exaustivamente entre os produtores e o sistema prisional.

Há muito o aparato governamental vinha sendo bombardeado pelos representantes das organizações de direitos humanos, de ONGs e políticos mais progressistas, que defendiam melhores condições de vida para os presos. Havia denúncias de maus-tratos e torturas dentro do sistema carcerário. Entenderam, os gestores, que o documentário, feito de forma controlada, seria uma oportunidade de expor a situação sem prejudicar a imagem do Estado.

Para o canal, que exibia documentários sobre os desmandos de ditadores na África, sobre o modo de vida dos indígenas, era a oportunidade de retratar as reais condições em que os presos viviam. Para direção do presídio, havia o interesse em projetar uma imagem mais positiva para a sociedade.

O diretor havia dado entrevista exaltando seu espírito conciliador e paternal. Alguns presos foram escolhidos para fazer depoimento. Orientados e premiados com benesses, eles foram treinados para dizer o que os chefes da prisão queriam que fosse dito. Esse tipo de indivíduo não estava nem aí para os fatos. Diziam uma coisa hoje, outra amanhã, e estava tudo bem. Para eles, nada importava a não ser o quanto ganhariam.

E, como esperado, disseram mil maravilhas sobre a prisão.

No entanto, os jornalistas eram profissionais curiosos e preparados. Sentiram que o trabalho estava sendo orquestrado. Em razão disso, apareciam de surpresa e conseguiam registrar cenas e depoimentos espontâneos.

Foi o caso da tragédia.

Por mais que a direção tivesse se esforçado, não foi possível esconder os fatos que foram gravados e reportados para fora dos muros. Com a divulgação da história, as imagens caíram na boca do povo e não tardou para causar uma comoção geral. Uma grave crise se estabeleceu dentro e fora do presídio.

O governador foi questionado, o secretário de segurança substituído e o Dr. Benício Fonseca, demitido. Muitos presos foram transferidos para outras unidades, e um novo diretor assumiu a instituição. Como acontece em todas as mudanças, novos procedimentos foram adotados, com muita rigidez no controle dos prisioneiros. Além das transferências, a direção fez um grande remanejamento interno.

Praticamente todos os detentos trocaram de celas.

Com isso, eles imaginaram quebrar antigos laços. Não deixava de ser uma estratégia interessante. Por natureza, os presos não confiam uns nos outros. Ademais, no seio de uma tremenda crise como aquela, a desconfiança era total. Em qualquer rosto poderia haver um delator.

A nova direção entendia que, até a criação de novos elos, o sistema estaria controlado.

A cela onde fui colocado não diferia muito da anterior. Paredes de cores neutras, rabiscos contando histórias que faziam sentido apenas para quem os entalhava. Fotografias amareladas e recortes de jornais. Eram outras caras, mas com a mesma expressão enigmática de quem não tinha muita esperança. Acomodei-me no meu canto e não dei muita trela para as conversas. Não tinha interesse em conhecê-los, não queria criar laços desnecessários.

Com certeza, logo eu saberia o que levou cada um deles para aquele local.

O que eu gostaria mesmo era estar longe dali, tentar me reencontrar e também as pessoas que eu amava. Por outro lado, ainda estava chocado com a cena que presenciara no corredor da outra ala.

Geninho estraçalhado daquela forma era a demonstração máxima da crueldade do ser humano, potencializada naquele ambiente insalubre.

Eu me perguntava se era esse o seu merecimento. O prêmio para uma existência de tantas humilhações, sofrimentos e discriminação era morrer de forma tão ignóbil?

Se fosse isso, valeria a pena viver? Por que não havia oportunidades iguais para todos? Respeito pelas opções de vida de cada ser humano. Quanto tempo seria necessário para a humanidade reconhecer que falhara na convivência social?

Naqueles momentos eu me lembrava do ancião. Ele definia a humanidade como uma jornada sem conserto. Era como se ele conhecesse a consciência das pessoas.

— O ser humano é mau por natureza, Josias. A bondade é um traço da personalidade que deve ser exercitada. Nunca seremos bons se não entendermos a finitude da vida. O ser humano nunca conviveu em harmonia. Sempre houve guerras por motivos fúteis: poder, dinheiro, dominação. E por que são fúteis? Porque esses motivos se esvaem em si mesmos. Quem tem poder hoje não o terá amanhã. Quem tem dinheiro pode perdê-lo, e mesmo que não o perca, em determinado momento da vida, o dinheiro não fará muita diferença. Quem tem, algumas vezes, nem pode gastá-lo.

Ao ouvi-lo, minha vontade era tentar conhecer mais sobre a percepção que ele tinha da humanidade. Sentindo-me estimulado pela explanação, perguntei:

— A evolução não levará o ser humano a ser melhor, a aceitar a diferença e a tolerar a opção das pessoas.

— Melhor, sim. Mas isso não é o bastante. Quem tem a capacidade de mudar as coisas são os detentores do poder, e isso só se faz através da educação, das oportunidades e do reconhecimento de que cada ser humano é especial. Mas isso não é importante para manter o poder. Dar liberdade, respeito e reconhecimento é repartir o bolo. O poder econômico e político não quer isso. O importante para eles é manter a grande massa dependente. Seja pela falta de conhecimento, de recursos financeiros ou de participação social. É um grande desafio que precisa ser enfrentando. Mas não estarei aqui para ver essa mudança — dizia ele.

Não deixava de ser verdade.

Geninho só queria ser ele mesmo.

Sem medo de caminhar pela rua, como qualquer pessoa. Não alimentava grandes sonhos ou conquistas impossíveis, mas, sim, a oportunidade de desfrutar daquilo que entendia como vida. Muitas foram as vezes que, no pátio, durante o recreio, ele me falava o que iria fazer quando saísse da prisão: cantar, dançar e dormir uma semana inteira sem se levantar da cama.

Eu dizia que era exagero. Ninguém fica uma semana inteira deitado, sem fazer nada.

Então, ele sorria e fazia um trejeito, revirando os olhos e jogando as mãos para trás:

— Não acredita? Espere para ver!

Que fosse.

Eu pensava que as pessoas vinham ao mundo para serem felizes e da maneira que bem entendessem.

Sair daquelas elucubrações era o maior desafio que eu tinha naquele momento.

O mundo real chamava-me e alertava que prestasse atenção aos sinais. A morte do Caveira não deixaria um vácuo no comando criminoso. Logo alguém tomaria seu lugar, se é que já não acontecera. Para dar o exemplo e coibir novas ações abusadas como aquela, eles revidariam. Achariam um bode expiatório para encarnar uma vingança. Não sabia como funcionaria, só temia que tentassem atingir alguém próximo a Geninho.

Não que eu fosse essa pessoa, pois não éramos amigos nem tínhamos interesses mútuos, entretanto, compartilhávamos o mesmo cubículo e sempre nos viam juntos.

No salão de refeições, no pátio, e isso poderia suscitar nos meliantes a crença de eu sabia do que ele tramara contra o Caveira.

Nenhum de nós soubera de nada.

Primeiro porque naquele ambiente ninguém confia totalmente no outro. Qual a certeza ele teria de não ser delatado? Só poderia ter sido uma decisão do mais profundo do seu ser. Então, imagino que ele não deveria ter compartilhado nem mesmo com seus mais íntimos pensamentos. Talvez, se pensasse muito, não teria feito aquilo.

Eu precisava ficar atento.

Saber como a cadeia de comando iria se comportar e não dar moleza era um desafio. Alguma coisa iria acontecer, não se sabia com quem, nem como, ou quando. Melhor que não fosse comigo.

Faltavam quatro meses para terminar minha pena e não seria justo sucumbir por uma coisa da qual eu não fizera parte. Na prisão, como nos guetos e no submundo do crime, justiça não é aquilo que achamos certo, mas tudo aquilo que os códigos de conduta da bandidagem determinam.

⇒ ⇐

Um mês depois daquele trágico acontecimento, ainda se comentava sobre os fatos e as versões sobre o duplo homicídio. O Ministério Público havia aberto um processo para apurar responsabilidades, dentre outras providências.

Foi quando uma notícia caiu como uma bomba na prisão. Dr. Benício foi encontrado morto em sua casa. Ele atirara contra o próprio peito.

Eu fiquei chocado!

Não era uma pessoa do meu relacionamento, tampouco parente, mas era alguém importante. Havia convivido com ele por longos períodos e pude conhecer um pouco de sua alma sofrida. Durante nossas partidas de xadrez, ele se soltava e parecia uma criança envolvida com um brinquedo favorito. Quando uma partida terminava, ele batia no meu ombro, como a dizer: "Ganhei mais uma de você!"

Não imaginava que, na verdade, eu estava deixando que ele experimentasse o doce sabor da vitória para amenizar a aridez de suas responsabilidades.

O diretor era um jogador mediano, e eu poderia ganhar todas as partidas se quisesse; mas, naqueles momentos, era como se eu fosse um escape para todas as suas frustrações. Quando eu me levantava para sair, ele abria a porta como se eu fosse um amigo a se despedir de uma visita, e não um detento que ele recebia para dividir alguns momentos de prazer em nossa vida atribulada.

Fiquei pensando no motivo que o levara a tomar tal atitude.

Será que a perda do cargo o deixara sem perspectivas? Ou, quem sabe, sentiu-se impotente diante da pressão que sofrera pelo terrível acontecimento sob sua direção?

Eu não encontrava justificativa. Ele havia convivido boa parte da vida com as piores mazelas a que um ser humano pode ser submetido. Deveria ter ficado com o coro grosso, como dizem por aí.

Contudo, essa é uma condição única do ser humano. Poder decidir sobre a sua vida, para o bem ou para mal, independentemente do julgamento dos outros. Fosse certo ou errado, aquela verdade era somente dele e ninguém poderia interferir. Acreditava que ele nunca se imaginaria em outra função e, vendo-se substituído sem cerimônias, poderia ter fraquejado e resolveu dar cabo de sua existência.

O fato me fez refletir sobre a finitude de nossas esperanças. Quando somos jovens e não conseguimos superar os obstáculos, quantas vezes pensamos no encerramento do ciclo, jogando tudo fora. Eu mesmo já havia pensado em desistir, deixar para os outros lutarem e me entregar ao destino final. Já que vamos morrer um dia, por que sofrer tanto e não conseguir nada? Melhor antecipar os dias de padecimento.

Por sorte, minha força interior sempre foi mais forte do que meus anseios nefastos. Empurrava para longe esses pensamentos.

A vida me fora dada como presente e não seria justo tirá-la por medo e fraqueza. Outras pessoas não conseguem suportar a pressão e sucumbem de forma trágica. Seja na juventude, na meia-idade ou na velhice, dependendo do momento emocional em que se encontram e, talvez, da ajuda que não conseguiram ter.

O Dr. Benício poderia ter sido vítima de suas próprias escolhas, mas nunca saberíamos.

Um mês após aquela tragédia, uma nova crise explodiu na penitenciária.

Um grupo de detentos, agindo sob o comando dos novos chefes de gangue, assassinaram dois outros presos, com a alegação de que haviam aliciado o Geninho para cortar a garganta de Caveira.

A maioria dos internos, inclusive eu, não acreditava na história. Sabíamos que essa atitude era uma forma de demonstrar força e assegurar a liderança sobre os outros presos.

Cada vez mais, eu sentia a pressão pelo término da minha pena e a oportunidade de sair daquele antro de criminosos. Queria me ver longe daquele local, recomeçar de alguma forma, encontrar um caminho e me esquecer daquele período triste da minha vida.

CAPÍTULO

XXII

No tempo presente…

Os assassinatos arrefeceram ainda mais os ânimos na prisão. O novo diretor decretou uma série de medidas restritivas e a vigilância foi redobrada em todos os setores. Senti saudade da época em que o Dr. Benício era o diretor, pois de alguma forma ele conseguia controlar os presos, e nós vivíamos em relativa harmonia.

Na nova ala na qual estávamos encarcerados, os banheiros coletivos ficavam no fim de um corredor, o que favorecia a ocorrência de agressões e desrespeitos entre os presos.

Os mais vulneráveis ficavam dias sem tomar banho, evitando se expor aos ataques dos ensandecidos. Eu sabia que poderia ser atacado a qualquer momento. Era corriqueiro ouvir piadinhas do tipo "gostosão", "melãozinho maduro", "jabuticaba madura" e muitos mais. Eu tinha consciência que minha aparência era um chamariz para os malfeitores.

Meu porte atlético, olhos esverdeados, diferenciava-me do arquétipo da prisão.

Ciente dos fatos, eu procurava não andar sozinho, e quando tinha de fazer uso do banheiro escolhia os horários de musculação, quando os brutamontes não dispensavam o levantamento de pesos. A não ser aqueles apadrinhados dos chefes de gangue, os demais detentos de alguma forma já haviam passado por constrangimento íntimo na prisão.

Eles chamavam isso de batismo.

Na época que cheguei, eu tive certa deferência devido à justificativa do meu crime: eu protegera minha família. E também pela proteção velada oferecida por Orelha de Porco e Bochecha. Acredito que por isso não mexeram comigo. Só que eles não estavam mais por perto. Haviam sido transferidos para outra ala, eu nem sabia onde ficava. Assim, estava cada vez mais difícil manter a integridade física.

Os guardas eram outros.

Aqueles que simpatizavam comigo ficaram em outro setor. Eu não podia correr o risco de ser atacado, ainda mais faltando tão pouco tempo para sair. Agir com sagacidade, e não dar moleza, era minha proteção.

Com as novas mudanças, o diretor autorizou, para quem se interessasse, trabalhar na prisão. Eu vi naquela oportunidade uma forma de fazer o tempo passar mais rápido. Ocupar a mente com alguma atividade me daria mais força para aguentar o restante do tempo que faltava. Ademais, eu não me sentia bem com os novos companheiros de cela. Não havia me interessado pelo entrosamento com eles e pensava que ficar longe seria uma boa.

Alistei-me para trabalhar na lavanderia, por acreditar ser mais adequado. Já vira alguns filmes na TV em que os presos trabalhavam na lavanderia e parecia bem legal.

O que eu não imaginava era que nos filmes todas as ações eram romantizadas, ao contrário do trabalho real que é pesado e desgastante. Qualquer lugar que fosse, dentro da prisão — ainda mais lavar roupas de mais de 1.500 presos —, era barra pesada.

Todo tipo de sujeira, roupas rasgadas e malcuidadas, fedidas e cheias de porcaria. Sem contar a caldeira, que de tão quente parecia que ia derreter a gente. Eu comecei a trabalhar numa segunda-feira e na sexta eu já havia perdido dois quilos. Não tinha descanso e o local era muito insalubre.

Outra situação que só fui perceber depois era o perigo do trajeto entre a cela e a lavanderia. Uma verdadeira armadilha!

O trabalho, que antes parecera uma distração, poderia se tornar uma arapuca para mim. O corredor longo e mal iluminado não abrigava nenhum prisioneiro. Tratava-se de uma ala que havia sido danificada por um motim de presos e fora isolada para receber reparos. Como os orçamentos não haviam sido aprovados, a direção deixava as celas abertas e ninguém as usava. Apenas o vão central era fechado.

Quando íamos para o trabalho, os guardas abriam a grade de acesso e depois a fechavam. Se houvesse o suborno de um vigilante, com certeza qualquer preso poderia adentrar por esse corredor.

Quando percebi isso, já era tarde demais.

≫ ≪

Eu voltava para minha cela após um dia inteiro de labuta.

Cansado de jogar roupa suja na caldeira, estava louco para tomar um banho e descansar. Quando acessei a ala do corredor desativado, vi que havia algo errado. No meio do caminho, três presos bloqueavam a passagem. Pensei voltar, mas lembrei-me que assim que deixávamos a lavanderia o guarda de plantão fechava a porta, então não tinha como retornar. Minha única opção era continuar em frente. Senti meu coração bater aceleradamente, respirei fundo tentando me acalmar, imaginando como encontrar uma saída para a situação.

Eu sabia o motivo deles estarem ali, e a conclusão não era boa para mim.

Eu poderia lutar com todas as minhas forças, mas não conseguiria vencer o embate. Eram três brutamontes contra um cara cansado de um dia de trabalho pesado. Apesar de forte, havia um limite para minha resistência. Ainda assim, eu continuei em frente, andando devagar e medindo cada passo. Mesmo eles sendo três, eu não facilitaria as coisas. Quando cheguei mais perto, o maior deles caminhou em minha direção e segurou meu braço.

— Hoje você vai ser a nossa namoradinha, seu veadinho — disse ele, com deboche.

Na minha vida na comunidade, eu aprendi que a melhor defesa é o ataque.

Antes que o meliante pudesse perceber, acertei-lhe uma patada no meio da virilha, fazendo-o ajoelhar-se como se sua perna houvesse se partido em duas. A pancada acertou em cheio os seus testículos e pude imaginar o tamanho da dor que sentiu. O cara rolou de um lado para outro, gemendo e segurando o pacote com as duas mãos.

Ao menos daquele eu estava livre.

Avancei para cima do outro, com a cabeça abaixada tentando acertar-lhe a barriga. Ele percebeu meu movimento, desviou-se para o lado e levantou a perna, acertando uma joelhada na altura do meu queixo. Caí como uma jaca madura que despenca do galho. O terceiro cara me pegou pelos ombros e me arrastou de encontro às grades. Eu tentei manter-me de pé, porém ele acertou o lado da minha cabeça com a mão fechada, deixando-me zonzo.

Só não tombei porque o outro cara me apertava contra os ferrolhos.

Enquanto o primeiro agressor ainda segurava os culhões entre os dedos, gemendo e me dirigindo palavrões, os outros dois me apertaram contra as grades. Passaram uma corda em volta do meu pescoço, ataram minhas mãos nos ferros e rasgaram as minhas calças. Não tiveram dó nem piedade. Machucaram-me de todas as formas, deixando-me prostrado e sem condições de reagir.

Aquele que acertei o chute não pôde fazer nada comigo, por isso aproveitou e me encheu de pancadas até não mais poder.

Somente quando o colega da lavanderia chamou os guardas, denunciando a agressão, foi que me deixaram cair no chão e foram embora. Sabia que os guardas haviam sido subornados, pois só apareceram quando os malfeitores haviam sumido.

Fiquei inerte e sem conseguir me levantar por um bom tempo.

Lembrei-me das vezes que o Geninho voltava da cela do Caveira e pude sentir o tamanho da dor e da humilhação que ele sentia. Aquilo não era uma atitude de um ser humano, mas uma selvageria sórdida que nem os animais mais ferozes seriam capazes de fazer.

Levantei-me devagar e caminhei em direção à cela. Sentia-me destruído física e emocionalmente. Jurei nunca mais passar por uma situação daquelas, o que me fazia ter maior determinação para sair daquele local imundo e tentar esquecer tudo aquilo.

Seria uma noite longa demais para ser esquecida, eu sabia, mas precisava superar e continuar em frente.

CAPÍTULO
XXIII

No passado recente...

· ■ ■ ■ ·

Após o meu encontro com o policial — aquele chantageado pelo colega —, tive certeza de que minha vida tomaria outro rumo.
Estávamos os dois livres daquele crápula, entretanto, minha lua de mel com a família durou pouco tempo. Percebi que Laila estava distante e nossa intimidade passou a ser quase protocolar. Comecei a reparar no que antes passava despercebido. Lembrei-me das suas perguntas sobre a origem do dinheiro que trazia para casa e das minhas respostas evasivas. Com o passar do tempo, ela deixou de me questionar e eu tive a impressão de que havia controlado a situação. Me senti confortável com o silêncio, afinal, não tinha como explicar minhas escolhas ou minha fraqueza em participar de coisas desonestas.

Era melhor ficar calado a dar justificativas desconexas.

Quando imaginei que tudo caminhava para voltar ao normal, eu me deparei com o tamanho do abismo que nos separava. Havia mentido para ela, que, por sua vez, fingira acreditar. Laila no fundo sentira-se traída pela minha forma de agir. Nunca imaginei que aquela decisão fosse reverberar tão longe e de forma tão cruel. Minha mulher havia se transformado numa estranha para mim.

Decidi reconquistá-la.

Trabalhei meu interior para não demonstrar que havia notado a frieza dela; ainda assim eu sabia que, na verdade, ela percebia minha vontade de recomeçar. Laila estava decepcionada comigo, isso não havia como disfarçar. Compreendi que por descuido poderia perder a pessoa mais importante da minha vida. Recordei-me das palavras da minha avó dizendo: "O amor deve ser regado todos os dias tal qual uma planta, que, não recebendo água, seca e morre. Assim é o amor. Sem cuidado, sem cumplicidade, carinho e afeto, fenece. Perde o sabor como um bom vinho, que, decantado por anos, modifica-se ao ser aberto. Transforma-se em vinagre".

Esse era o estágio do nosso relacionamento. Perdendo o encanto a cada dia que se passava. Dois estranhos dentro da mesma casa.

Decidi que minha fuga havia terminado.

Prometi para mim mesmo jamais me envolver com malfeitores, fazendo coisas erradas e prejudicando minha família. Voltaria a ter bons sonhos e jamais trafegaria por caminhos incertos.

Meu filho estava crescendo, minha esposa do meu lado, então nada poderia impedir que fôssemos felizes. Dependeria apenas de mim e da minha decisão. Nosso relacionamento voltaria à normalidade, eu tinha certeza. Bastava que eu tivesse paciência e carregasse um regador à mão. Todos os dias colocaria um pouco de amor, adubaria com carinho e sinceridade. Acreditava que nada era impossível para quem tinha determinação e vontade de acertar.

Alguns meses depois, eu já sentia Laila novamente envolvida comigo e com nossos planos. Eu estava vencendo a batalha e a cada dia conquistava uma posição. Sempre que voltava de viagem, trazia-lhe uma lembrança. Um perfume comprado na seção de cosméticos de uma farmácia, um esmalte que quase nunca acertava a cor ou uma barra de chocolate. Por mais simples que fosse, dava um enorme resultado.

Laila sentia-se valorizada e prestigiada. Não pela importância do presente, mas por saber que eu pensava nela, que me preocupava e queria agradá-la.

Quando namorávamos e logo que nos casamos, nossas prioridades eram outras: estudar, trabalhar, conseguir um bom emprego. A insegurança permeava toda a nossa existência.

Nesta fase, o tempo é consumido de forma breve e instantânea.

Com o amadurecimento da idade e da relação, entendemos que as coisas chegam no seu devido tempo.

Não fazem sentido o desespero e a ansiedade, e sim a determinação e o foco. Eu me dedicava à minha esposa e a criar laços definitivos com meu filho, mesmo sabendo que ele não entendia tudo que eu falava. Fazia questão de comentar sobre a importância de se ter objetivos, de lutar por eles e nunca desistir. Alertava-o de que nem sempre a justiça prevaleceria, e que ser pobre não era uma marca para ser carregada como discriminação. O importante era ser honesto e nunca baixar a cabeça diante dos desafios.

Muitas vezes sentia que ele me observava falar, demonstrando certa confusão. Mas prestava atenção, o que me deixava satisfeito.

De alguma forma eu acreditava que ele tiraria algum proveito de nossas conversas, e torcia para que no futuro fizesse a diferença na vida dele.

Como havia sido para mim com os conselhos da minha avó.

⇒· ⇐

Quando as nossas folgas coincidiam, fazíamos questão de nos conectar com a cidade onde morávamos. Deslocávamos para o Plano Piloto para visitar os pontos turísticos da capital federal: a catedral de Brasília, a torre de TV, a esplanada dos ministérios. Nesses momentos, percebíamos que éramos estranhos em nossa própria cidade. Aqueles monumentos, aquela suntuosidade, ficavam tão próximos e ao mesmo tempo distantes da nossa realidade.

Admirávamos a fileira imponente dos ministérios no eixo monumental, onde decisões burocráticas eram tomadas, afetando a vida de milhões de pessoas para o bem ou para o mal. Os edifícios dos Três Poderes: Congresso Nacional com suas cúpulas invertidas, representado o povo, o STF, com aquela imagem da deusa vendada, representativa da justiça, e o Palácio do Planalto, com seus guardas pretorianos, exortava em nós um forte sentimento de patriotismo e impotência.

Símbolos da democracia que deveria ser aprofundada, mas distante da nossa realidade, segregada e sofrida pelas condições sociais em que vivíamos.

E como sonhado pelo seu fundador Juscelino Kubitschek, Brasília virou um fator de integração nacional. A proximidade com o poder central fez com que as regiões mais distantes do grande eixo econômico, como Norte, Nordeste e Centro-Oeste, experimentassem expressivo desenvolvimento, antes concentrados nos estados do Sudeste. Do alto do seu monumento, com a mão estendida e o sorriso largo, ele podia comprovar isso.

O que às vezes doía de forma incontornável era que na verdade o povo, essa massa cinzenta e invisível, ficava cada vez mais longe desse imaginado eldorado.

A cidade que meus antepassados ajudaram a construir se tornara um grande centro de poder, como deveria ser uma capital federal. Ao mesmo tempo, abrigava uma aglomeração de pessoas desassistidas e necessitadas em suas periferias.

Essas elocubrações povoavam minha mente, mas não encontravam as respostas.

⇉ ⇇

Certo dia, ao voltar de viagem, encontrei Laila bastante desolada.

Ela havia me ligado, dois dias antes, dizendo que Akira estava com falta de ar e tosse, e por isso o levaria ao médico no dia seguinte.

Eu fiquei preocupado.

— Não pode ser uma virose, querida?

— Não acredito. Tenho a impressão de que é algo mais sério. Já venho observando a inquietação dele desde a semana passada — respondeu ela.

Durante a viagem de volta, tentei contatá-la várias vezes, porém o sinal do celular era muito ruim. Na única vez que ela atendeu, comentou que estavam fazendo exames.

Assim que cheguei, procurei saber o que os exames haviam detectado.

— O médico falou que se trata de uma cardiopatia congênita.

— O que significa isso? Pelo nome parece algo grave.

Ela tentou me explicar:

— O doutor disse tratar-se de uma anormalidade na estrutura ou função do coração, que surge nas primeiras oito semanas de gestação, quando se forma o coração do bebê. Ele explicou que a doença ocorre por uma alteração no desenvolvimento do feto.

— E como não foi descoberto antes, Laila?

— O médico disse que às vezes descobrem no nascimento do bebê, outras vezes pode ser anos mais tarde.

Ficamos muito preocupados e, na semana seguinte, voltamos ao consultório. O pediatra nos explicou que o problema não era tão grave, porém deveria ser observado e acompanhado pelo resto da vida. Por sorte, o caso de Akira era de comorbidade moderada, não o impedindo de levar a vida normalmente. Com acompanhamento, poderia até praticar esportes como natação, judô e capoeira.

Não era recomendável jogar futebol e arriscar em corridas longas.

— Que merda! Mais uma peça pregada pelo destino. Não basta toda luta e sofrimento, meu filho ainda tem que ter uma doença dessas! — desabafei.

Laila me repreendeu.

— Não diga bobagens, Jô! Poderia ser muito pior. Ainda bem que podemos cuidar dele, apoiá-lo para que não sofra com isso. Quantos pais enfrentam problemas muito maiores, sequelas de acidentes ou síndromes incuráveis?

Refleti por um instante e concordei com ela.

Deveria, sim, agradecer a Deus por termos identificado e poder cuidar do nosso filho. O médico nos informou que esse tipo de doença era recorrente em crianças, o que nos deixou mais aliviados.

Segundo as estatísticas, por ano nascem aproximadamente 28 mil crianças com problemas cardíacos no Brasil, ou seja, a cada cem bebês nascidos vivos um é cardiopata. Dessas crianças, eventualmente com alguma anomalia, cerca de 80% necessitarão de alguma cirurgia cardíaca durante a sua evolução.

Pesquisei no Google sobre o assunto e descobri que as cardiopatias congênitas podem produzir sintomas no nascimento, durante a infância ou, então, só na idade adulta.

Em alguns casos, não causam sintomas.

Como havia sido um acometimento leve, Akira não precisaria fazer cirurgia. Seria mais um desafio para enfrentarmos.

Combinamos de não deixar que isso afetasse a autoestima dele e que, na medida do possível, faríamos com que levasse uma vida normal.

CAPÍTULO XXIV

No passado recente...

· ■ ■ ■ ·

O tratamento de minha mãe foi um rosário de sofrimento. A dedicação dos médicos e de toda equipe do hospital confortava a família, mas os remédios foram vencidos pela agressividade da doença. Não surtiam mais efeito.

Por certo tempo nós esperamos um milagre, mas, depois, cada visita ao hospital nos deixava mais desanimados, mesmo nos esforçando para manter a fé.

É da natureza do ser humano a expectação por notícias alvissareiras.

Somente quando ela deixou de ter noção dos acontecimentos foi que nós entregamos os pontos e percebemos que não havia mais o que fazer.

Raimundo decidiu levá-la para casa.

Queria ficar o maior tempo possível ao lado dela. Pediu permissão ao médico e, com assentimento dele, providenciou uma UTI domiciliar, contratou duas enfermeiras que se revezavam nos cuidados em tempo integral.

Eu e Deby confidenciávamos a dor que sentíamos ao mesmo tempo que confortávamos Caco e Deni. Minha mãe nem ficou sabendo da saúde de Akira, para não a preocupar ainda mais.

Ela foi definhando aos poucos e entrou em coma profundo. Durante quarenta dias, sua vida foi mantida através dos aparelhos.

Racionalmente, pensávamos que seria melhor desligar os equipamentos, mas a eutanásia não era permitida em lei. E esse procedimento não encontrava eco em nossos corações.

Marisa faleceu dez meses depois do segundo diagnóstico do câncer intestinal. Em casa, rodeada dos filhos, na presença do marido, mas sem saber o que acontecia à sua volta.

No velório compareceram muitos conhecidos.

Foi quando reencontrei o Parola.

Nunca mais falara com ele, tampouco o encontrara, desde que saíra do centro de distribuição. Fiquei sabendo que o contrabando havia sido desbaratado e muitas pessoas demitidas da companhia, inclusive ele e o gerente. Entretanto, como das outras vezes, havia se safado.

Parola era muito *ensaboado*, como diziam na comunidade. Subornava policiais, tinha contatos privilegiados e, quando uma coisa começava a feder, ele se afastava.

Com olhar consternado, ele se aproximou:

— Olá, Jô. Sinto muito pela perda de sua mãe, que Deus a tenha — disse-me ele, estendendo a mão.

Eu agradeci, sem retribuir o cumprimento.

Não pude deixar de aceitar o abraço de Cora Jane — ela segurava o filho deles no colo. Não fiquei sabendo o nome do garoto, mas deveria ter sido batizado como um homônimo de algum jogador italiano.

Ramiro também apareceu no velório.

Ele não perdia a oportunidade de chegar perto de Deby, mesmo ela o evitando de todas as formas. Eles haviam completado um ano de separação, e sua principal atividade era tentar reconquistá-la. Ligava insistentemente, prometia fazer tudo de forma diferente, mandava mimos e presentes que minha irmã sempre recusava.

Ela estava interessada por outro rapaz, um promotor que fora apresentado por uma amiga. Saíram algumas vezes, mas nada de sério tinha acontecido. Deby receava a reação do ex-marido, e com razão. Na primeira vez que ele os viu juntos, não se conteve. Abordou-os de forma grosseira, querendo saber quem era o rapaz. A partir de então, passou a monitorar os passos dela, aparecendo repentinamente onde ela se encontrava.

Eu me preocupava com o desfecho dessa história.

Os jornais e as TVs estavam cheios de notícias e relatos diários de agressões e até assassinatos praticados por homens inconformados com o fim de relacionamentos. Uma triste sina que muitas mulheres enfrentavam no dia a dia. Além de suportar anos de convivências tortuosas, cheios de desrespeitos e maus-tratos, depois de separadas ainda viviam em constante sobressalto com medo de, mesmo estando sozinhas, serem agredidas e maltratadas.

Em todas as partes do mundo as mulheres levantavam a bandeira da justiça e da igualdade. Em alguns países, elas não tinham direito a nada, submetidas a preceitos arcaicos e ultrapassados, baseados em interpretações religiosas e de costumes medievais.

Era necessário ter cuidado para não sofrer retaliações.

O amparo da lei e da justiça era muito frágil. Como no caso da minha irmã, que sofria o assédio de uma relação interrompida e mal resolvida.

⇒ ⇐

A morte da minha mãe e a doença de Akira fortaleceram os laços entre mim e Laila.

Não que os nós estivessem frouxos, mas o tempo e os percalços da vida acabaram corroendo os elos que, de alguma forma, precisavam ser restaurados.

Passamos a dedicar mais tempo à convivência com nosso filho e isso nos uniu ainda mais.

Entretanto, sem conseguir identificar um motivo específico, percebi que nossa relação enquanto marido e mulher não conseguia recuperar o calor de antes. Me sentia solitário e impotente, e acabei deixando o tempo passar. Como as viagens a trabalho aconteciam a cada dois dias, já começava a ser um alívio quando o telefone tocava avisando que alguma carga precisava ser despachada.

Recordava-me de minhas promessas, feitas na solidão de minha mente, de que não deixaria o meu amor esvanecer como uma brisa. Que reconquistaria Laila custasse o que fosse preciso. Mas com o tempo percebi que não dependia apenas de mim. Ela precisava querer, estar aberta a receber essa mensagem, e por algum motivo isso não estava acontecendo.

Uma vez, enquanto jantávamos eu perguntei:

— Está acontecendo algo que eu não saiba? Você está muito distante, quieta.

— Não é nada. Apenas cansaço. O serviço anda muito puxado no hospital — ela respondeu, lacônia.

Eu sabia que não era isso, mas fazer o quê? Já havia sido custoso tocar diretamente no assunto; se ela não queria falar, eu nada podia fazer. Era certo que ela não se envolvera com outro homem. Laila era muito sincera e tinha consideração por mim. Se houvesse alguma coisa desse tipo, ela falaria.

O meu sexto sentido dizia-me que fora um processo que inexoravelmente foi nos afastando, evoluindo sem que eu tivesse percebido.

Já ouvira falar disso.

Pessoas outrora apaixonadas vão perdendo a motivação e quando percebem são apenas amigos. Ou nem isso, pois amigos conversam e confidenciam. Muitos casais acabam suportando a presença um do outro por preguiça ou conveniência. Perdem o interesse mútuo, mas não se decidem por outra relação e deixam o tempo passar.

Para mim, o processo estava sendo muito doloroso, pois amava minha esposa e queria compartilhar a vida com ela.

Continuei a trabalhar e a esperar por um milagre.

Quem sabe um dia nós acordássemos e tudo seria como outrora.

Sei que minha mãe diria para ter paciência e esperar. Mas ela não estava mais entre nós e nunca mais poderia me dar seus sábios conselhos. Pensei em falar com Deby, mas ela tinha problemas maiores que os meus, então achei melhor deixar quieto.

Extrapolar para outras pessoas nossos problemas não era uma opção.

Desde quando éramos namorados, sempre fomos discretos com nossas adversidades. Ao menos não brigávamos nem falávamos em separação.

Joguei minha âncora e deixei que as ondas se acalmassem.

CAPÍTULO XXV

No tempo presente…

· ■ ■ ·

Faltavam duas semanas para terminar o cumprimento de minha pena.

Já não conseguia disfarçar a euforia, parecendo carregar uma placa na testa com os dizeres: "Adeus, presídio!".

Meu comportamento denotava isso. Eu me sentia mais leve, o humor menos ácido e o sorriso mais espontâneo. Imaginava as possibilidades que se abririam, como também os receios naturais de um recomeço. No fundo, a maior preocupação era não deixar essa nova realidade me sufocar.

Precisava ter paciência para retomar a minha vida.

Alguns companheiros torciam para que eu tivesse êxito fora da prisão. Parabenizavam-me por eu ter conseguido sair vivo daquele antro de criminosos, como também me desejavam sorte nessa nova etapa. Como em todo lugar, alguns queriam o meu sucesso, outros me invejavam. Não por acaso comecei a ter alguns contratempos e um deles foi o pior de todos.

Na minha última sexta-feira no cárcere, um preso mal-encarado me abordou no pátio após o almoço. Estava acompanhado de dois comparsas e o assunto não cheirava bem. Era confusão à vista.

— Então o mariquinhas vai embora, certo? — disse ele, de forma provocativa.

Eu tentei desviar, porém o outro cortou o meu caminho:

— Onde tu pensa que vai, malandro? Temos um recadinho para você!

Sem que eu pudesse evitar, o terceiro elemento me acertou um soco na lateral do pescoço, pegando-me desprevenido. Não esperava o impacto e dobrei os joelhos. Apoiei os braços no chão para não cair, e o primeiro cara que me abordou aproveitou para desferir um chute bem encaixado no meu tórax.

Escutei o estalar da costela se partindo. Poderia ser uma ou talvez duas.

A dor cegou-me. Tentei levantar meio cambaleante, mas as pernas não sustentavam o corpo.

O outro sujeito desferiu um chute no meu rosto. Antes de receber o impacto, aparei as pernas dele com os braços. Com as forças que ainda me restavam torci a perna dele e joguei-o ao chão. Em seguida levantei-me com um salto.

O cara que me acertara da primeira vez partiu para cima de mim com a cabeça abaixada, tentando me derrubar. Eu desviei e dei uma joelhada em sua cabeça, jogando-o para trás. Ele caiu e permaneceu no chão.

Senti uma forte dor na lateral do meu dorso. Passei a mão e um líquido viscoso ensopava minha camisa.

Olhei para a mão e percebi que era sangue.

— Fui esfaqueado! — gritei.

As pernas dobraram à medida que eu perdia minhas forças. Tentei me apoiar no chão para não cair enquanto os algozes se afastaram rapidamente. Outros detentos se aproximaram e fizeram um cordão em volta de mim. Ainda pude ver os guardas abrindo passagem. Fechei os olhos e perdi os sentidos.

Acordei algumas horas depois, na enfermaria.

Uma grande faixa branca cobria meu dorso, passando pelas costas e fechando no peito. Não dava para ver o ferimento, mas eu sentia que havia sido relevante. Quando puxei o ar para respirar, senti aquela dor característica de costela fraturada. Era a segunda vez que me envolvia numa confusão no presídio. Sem contar quando fui espancado e estuprado.

Na primeira, foi um evento pequeno, eu havia esbarrado no prato de um preso no refeitório. Ele se levantou, me empurrou falando palavrões e eu não revidei. Por essa razão, um tempo depois ele me procurou, pediu desculpas e ficamos bem um com o outro.

Desta vez, não havia motivos para o ataque que sofri. Ao menos era o que eu pensava.

Não tinha inimigos, não fazia parte de nenhuma facção e já estava na véspera da saída. Por que me atacariam tão selvagemente?

Não consegui estabelecer uma ligação entre aquele episódio e qualquer ação minha dentro do presídio. Independentemente disso, o fato é que aquilo poderia ter me tirado a vida. E se isso tivesse ocorrido, eu morreria sem saber por quê. Quem sabe uma ação orquestrada de fora do presídio. Se fosse isso, quem teria interesse na minha morte?

O médico apareceu e disse que eu ficaria bem, que deveria repousar por alguns dias, mas que ao fim não ficariam sequelas.

— Eu vou sair segunda-feira, doutor — falei.

— Você precisa aguardar ao menos uma semana para melhorar esses ferimentos. Não pode sair assim — respondeu.

Arregalei os olhos enquanto o médico saiu batendo a porta.

Como assim, esperar uma semana? Eu não queria ficar nem mais um minuto além do meu tempo naquele lugar. Não seria uma costela quebrada e um ferimento de faca que me impediriam.

A tarde passou com uma lentidão exasperante.

Ninguém apareceu para me explicar o motivo de precisar ficar uma semana a mais no presídio. Quando o soro que estava ligado em meu braço terminou, um detento vestido de enfermeiro veio trocá-lo, então eu perguntei se ele sabia o que estava acontecendo.

— Não sei. O diretor vai chegar daqui a pouco na enfermaria — respondeu.

Fiquei ainda mais intrigado.

O que era tão importante para levar o diretor até a enfermaria?

Não seria a minha presença nem a de qualquer outro internado. Para eles, nós não tínhamos nenhuma importância. Se ao menos fosse na época do Dr. Benício Fonseca, poderia fazer sentido. Ele às vezes visitava os presos quando estavam com alguma enfermidade. Mas o novo diretor não era afeito a atitudes dessa natureza.

Ele chegou acompanhado de dois guardas e outros dois assessores. Entrou na enfermaria com cara de poucos amigos e falou:

— Então você estava de saída e me arrumou essa confusão. Esses caras não têm juízo mesmo — repetiu, voltando-se para um dos acompanhantes.

Eu tentei argumentar que não sabia por que havia sido agredido, que não tinha culpa do acontecido, mas ele não deu brecha. Olhando fixamente para mim, sentenciou:

— Saindo daqui você ficará na solitária por uma semana e depois cumprirá mais dois meses de extensão de pena. Ainda bem que não morreu ninguém, senão seriam dois anos — finalizou.

Saiu batendo a porta, acompanhado de seus asseclas.

Levei um choque com a notícia.

Uma semana na solitária e mais dois meses para cumprir não era o que eu esperava. Ainda mais sem saber o motivo.

Só podia ser uma estranha provação do destino. Fizera tudo que mandava o figurino para não complicar minha vida naquele antro de malfeitores e, na véspera de completar meu ciclo, tudo se modificava.

E não havia como recorrer.

O advogado estivera comigo dois dias antes, assinado todos os papéis para a minha saída e não tinha como contatá-lo. Ademais o diretor não me daria a chance de questionar a sua decisão. Ele se baseava na aplicação da Lei das Execuções Penais, que prevê os disciplinamentos para infrações cometidas dentro da prisão. Seria aberto um procedimento administrativo e aplicada a pena que ele achasse mais adequada. Não tinha como deixar de cumprir.

Era me encher de paciência e aguentar mais aquela tribulação.

➤ ❦

Cinco dias após o incidente, eu saí da enfermaria direto para a solitária.

Um cubículo de 4 m², paredes lisas e teto bem alto. Não entrava sol e uma luz pálida ficava ligada 24 horas. No chão havia apenas um colchão velho e ensebado. Uma latrina nojenta da qual escorria um filete de água sem parar. Não tinha pia nem chuveiro.

Oito dias depois a porta se abriu e, quando saí, meus olhos cegaram com a claridade. Estava sujo e fedido. Magro, com os olhos furando a nuca, eu era apenas pele e osso!

Um companheiro me ajudou a chegar até o chuveiro, levando minhas roupas. Perguntei a ele o que falavam nos corredores sobre o ataque que sofri.

— Os caras receberam um comando de fora. Parece que alguém importante queria te apagar ou mandar um recado.

— Eles falaram quem é essa pessoa?

— Não tenho certeza, mano. Pelos boatos é um cara poderoso, parente da vítima. Essas coisas! — respondeu ele, evasivamente.

Tomei um banho e depois do almoço pedi permissão para telefonar para o meu advogado. Contei a ele o acontecido e recebi a promessa de que faria um esforço para entender o caso e ver o que podia ser feito.

Uma semana depois, ele veio me visitar e me convenceu a deixar as coisas quietas. Faltavam apenas quarenta dias para eu sair, não valeria a pena mover um processo para alterar a data. Quando fosse analisado, eu já estaria fora de qualquer jeito.

O que me deixou apreensivo foi a informação do colega de cela. Fazia sentido acreditar que alguém de fora da prisão contratara os bandidos para me matar?

— Coisa estranha isso!

Parente da vítima, quem poderia ser?

Será que, mesmo cumprindo a pena, eu jamais teria sossego?

CAPÍTULO XXVI

No passado recente...

· ■ ■ ■ ·

Na última vez que o Ramiro a procurou, Deby rompeu com a inércia e fez questão de deixar claro seu envolvimento com o promotor.

Estavam namorando firme e não se submeteriam às suas ameaças e provocações. Pela enésima vez, ele tentou reatar a união desfeita com o divórcio, o que ela nem avaliou. Ele ficou possesso, ameaçou tomar a guarda de Leonora e rever os valores da pensão e dos bens patrimoniais que haviam sido objeto do acordo judicial.

Quando saímos para tomar um café, ela desabafou:

— Você não faz ideia das ameaças que ele me fez, Jô. Até dizer que eu nunca ficaria com outra pessoa ele teve coragem de me falar.

— Você não deve ceder. Ele acabará entendendo que essa é uma história que já terminou — aconselhei.

— Eu disse a ele: "Procure outra pessoa, tente ser feliz de alguma forma; me deixe seguir minha vida", mas o cara não se conforma. Não sei mais o que fazer.

— Tenha paciência, Deby. E siga sua vida. Não deixe de ter cuidado e se ele te perturbar me avise. Não deixarei que te machuque.

Ela suspirou.

— Obrigada, Jô. Outra coisa que me conforta é que Sérgio diz que isso não vai afetar nossa relação — completou ela.

Pelo que eu sabia, o namorado dela era um cara tranquilo, acostumado com embates judiciais. O perigo era conviver com pessoas desequilibradas. Ele não poderia prever as reações que eram tomadas a partir de emoções extremas. Quando as pessoas ficam cegas e não enxergam a razão, são capazes de qualquer coisa. Eu ainda ficava preocupado com a fixação de Ramiro em não virar a página.

Conversei com Laila sobre minhas impressões e ela aconselhou para que eu não me envolvesse.

De fato, era o mais sensato, mas como eu poderia não estar perto de minha irmã, tentar alertá-la dos perigos e até protegê-la, se isso fosse necessário?

Um dia, Ramiro parou o carro na porta da casa dela e ficou buzinando até acordar os vizinhos. A polícia foi chamada e o levou para a delegacia. Eu procurei o pai dele, para intervir junto ao filho, com o intuito de cessar essas amolações, mas ele me atendeu com indiferença e até foi um tanto grosseiro.

— Não tenho nada a falar sobre isso. Para mim, é uma página virada e já falei para o Ramiro esquecer essa moça — vociferou.

Antes da separação, ele tinha o maior chamego com Leonora. Era sua única neta e não passava um dia sem que quisesse vê-la, cobri-la de presentes. Depois, nunca mais quis encontrá-la, proibindo inclusive a esposa de visitá-la.

Às vezes, Deby levava a garota ao parque para que a avó pudesse encontrá-la às escondidas. Uma situação no mínimo bizarra, a criança ser penalizada pelos erros e desacertos dos adultos.

Apesar de tudo, estávamos tocando a vida e superando os obstáculos. Entre erros e acertos, fizemos o que foi possível. Eu, mesmo tendo trilhado caminhos tortos, estava com a mulher que amava e tinha um filho maravilhoso.

Meu irmão Caco havia se tornado policial.

Deni estava feliz com a aprovação para cursar Arquitetura, dividindo o apartamento com o namorado.

Deby retomando o caminho, junto com sua linda filha Leonora, ao lado de um homem que se esforçava para vê-la feliz.

Com certeza, de onde estivesse, Marisa estaria orgulhosa de toda sua dedicação. Eu nem imaginava a alegria de minha avó vendo todos crescidos e, de alguma forma, encaminhados na vida. Era isso que me fazia continuar firme, em direção ao futuro. Saber que, apesar das dificuldades, não podíamos desistir.

Cada qual pode encontrar seu modo de ser feliz, desde que entenda onde ancorar suas expectativas e se contentar com aquilo que for possível conseguir.

❦

Um dia, assim que voltamos de viagem, meu colega me deixou em casa. Desci do carro distraído e nem notei que alguém esperava ao lado do portão. Quando dei por mim, Parola tocou em meu braço.

Levei um susto. Não esperava encontrar ninguém naquele momento, muito menos ele.

— Não vai me convidar para entrar, Jô? — perguntou.

Em outros tempos eu ficaria sem graça, mas depois de tudo que ele havia me feito passar, respondi:

— Melhor não, Parola. Diga o que você quer, e já fique sabendo que a resposta é não.

Ele não se deu por achado.

— Jô, tem um negócio da China pra gente ganhar muito dinheiro. Preciso de um cara como você do meu lado.

— Parola, nem da China nem da Cochinchina! Não me interessam seus planos mirabolantes. Estou em outra fase da vida, cara. Me esqueça!

— Não quer nem ouvir o que tenho para dizer?

— Não faço questão. Obrigado mesmo!

Ele ainda tentou falar do negócio fantástico, e por duas vezes tentei interrompê-lo, reafirmando que não me interessava. Ele não tomava fôlego, falando sem parar. Quando terminou, eu disse:

— Não, não e não! Pode ser ouro em pó. Envolve riscos e isso nunca mais!

Ele ainda tentou insistir, mas percebeu que não adiantava.

Agradeceu pelo nosso encontro, como se ainda fôssemos velhos amigos. Parola era assim. Nunca perdia o controle e não se zangava com nada.

Deu-me um abraço, o qual eu mal correspondi. Olhou demoradamente para mim e depois entrou no carro, fechando a porta.

Acompanhei o carro descendo a rua e nunca mais soube notícias dele.

Naquele dia, constatei que a mudança está em nossa capacidade de tomar as decisões e nos manter firmes naquilo que acreditamos.

Entrei em casa aliviado, como se tivesse passado em algum tipo de teste.

CAPÍTULO XXVII

Dois anos antes...

Era um dia de festa.

Deby resolvera ficar noiva no dia do aniversário de Leonora. Ela tinha essas coisas de combinar datas, aproveitar para fazer de uma festa, uma celebração. Era assim desde a adolescência. Quantas vezes ela juntava o aniversário dela com o meu ou o de alguma amiga, mesmo que não tivesse nada a ver uma data com a outra e comemorava junto. Leonora ia fazer 5 anos e, aproveitando o pedido de noivado do Sérgio, ela programou para juntar toda a família. Passou o dia em preparação.

Exalava felicidade por todos os poros.

Conversamos na véspera, quando me contou dos planos de montar uma galeria em sociedade com a mãe do Sérgio, assim que se casassem. Dava para notar que a sinergia entre eles girava num patamar bastante sólido, entrelaçando as famílias naquele momento sublime em que os sonhos começam a se tornar realidade.

Deby queria fazer a festa em sua casa, entretanto, a mãe do Sérgio propôs alugar um salão de eventos, mais apropriado e com estrutura para receber os convidados. Mesmo a contragosto, ela concordou e, no fim, agradeceu pela opção tomada. Ia dar muito trabalho decorar e cuidar da arrumação depois da festa. No salão era bem mais conveniente.

O lugar era apropriado para as pessoas ficarem mais à vontade.

Uma moça e um rapaz contratados pelo *buffet* postaram-se na entrada dando as boas-vindas aos convidados. Os garçons desfilavam com bandejas de salgadinhos e bebidas. No fundo do salão havia uma mesa de frutas e um laço grande com um coração pendurado no centro.

No palco, um conjunto musical dava o tom da festa.

Uma cantora morena, cabelos cacheados e voz aveludada entoava canções românticas. Dois rapazes acompanhavam nos instrumentos, formando um trio interessante. O que tocava violão era bem magro, usava óculos redondos e tinha o cabelo longo. Lembrava John Lennon. Na bateria um jovem loiro com tatuagem nos braços marcava o compasso da música.

Deby desfilava, radiante, num vestido longo vermelho, cumprimentando a todos. Sérgio trocava ideias com seus amigos e parentes.

Eu dividia uma mesa perto da entrada com Caco e a namorada dele. Laila circulava pelo salão ajudando a receber as pessoas. Akira corria de um lado para outro disputando as lembrancinhas com a Leonora e outros garotos.

Senti falta de minha mãe.

Com certeza ela ficaria deslumbrada com a festa, e desejaria que aquele momento de conto de fadas se transformasse em uma realidade duradoura para Deby.

O desejo dos pais é que seus filhos encontrem o caminho da felicidade, e não seria diferente com minha mãe. Ela sempre buscava o melhor para nós. Uma pena que ela tivesse partido tão cedo.

Sérgio pediu que os músicos parassem de tocar e pegou o microfone.

Agradeceu a presença de todos e disse que tinha algo a comunicar.

Chamou Deby e Leonora.

Um pouco nervoso, disse que aquele era um momento especial, quando tomava a decisão de compartilhar sua vida com duas pessoas muito importantes para ele. Tirou do bolso uma caixinha com um par de alianças. Colocou o anel no dedo anelar da mão direita de Deby. Ela pegou o outro par e retribuiu o gesto, simbolizando o compromisso de noivado entre ambos. Receberam palmas e a música voltou a tocar.

Eu prestava atenção aos noivos e não notei uma presença inusitada na entrada do salão. Deni caminhou entre as mesas e cochichou no ouvido de Caco. Ele tocou meu ombro e indicou com o queixo.

— Veja quem está ali.

Virei-me e deparei com Ramiro.

Ele estava em pé na entrada, olhando fixamente para frente.

Fiquei paralisado, não acreditando em tamanha ousadia e falta de senso da parte dele. Como se atrevia a aparecer na festa de noivado de Deby?

Levantei-me da mesa e me dirigi à porta. De relance, percebi que Deby já notara a presença dele e estava apavorada. Cheguei perto e senti que Ramiro exalava cheiro de álcool. Deveria estar embriagado. Peguei em seu braço e o convidei para sair, dizendo-lhe que não era o momento de arranjar confusão.

Ele deu um safanão, desvencilhando-se de mim.

— Me deixe em paz, quero falar com a Deby! — vociferou.

Tentou caminhar para o meio do salão e postei-me à sua frente, impedindo a passagem.

Um rapaz que o acompanhava interferiu:

— Vamos embora, mano!

— Não se mete, fica na sua!

Ele tentou forçar a passagem, gritando:

— Quero falar com a Deby!

Eu continuei parado à sua frente como um poste.

— Você não vai falar com ela — repeti.

O salão começou a ficar tumultuado.

As pessoas olhavam para nós e falavam quase todos ao mesmo tempo. A música continuou tocando, o que impedia de entender direito o que se passava. Ele tentando forçar a entrada ao salão, eu fazendo tudo para impedi-lo. O rapaz que o acompanhava saiu e talvez isso o tenha contido um pouco, pois ele parou de me empurrar.

Caco chegou perto de mim e seguramos Ramiro pelos braços, tentando levá-lo para fora. Tínhamos de retirá-lo do salão a qualquer custo. Ele resistia bravamente e, com o efeito do álcool, parecia que suas forças haviam se duplicado. Com energia, fomos empurrando-o de volta para a entrada.

A festa já havia se transformado em balbúrdia.

Deby só chorava.

Sérgio aproximou-se de nós e sua presença redobrou os esforços de Ramiro para se soltar. Ele o xingou de todos os nomes que conseguiu vociferar, dizendo que o mataria, mas que ele não se casaria com Deby.

Uma cena deprimente.

Com muito custo conseguimos arrastá-lo para fora do salão, levando-o até o carro. Abri a porta e o empurramos para dentro. O rapaz que o acompanhava deu partida e acelerou, desaparecendo no fim da rua.

Quando voltamos para dentro, a confusão estava ainda maior. Procurei Deby e a encontrei chorando ao lado de algumas amigas.

A mãe de Sérgio e Laila tentavam consolá-la.

Muitas pessoas queriam saber o que havia acontecido, naquela curiosidade mórbida, típica de quem adora um barraco. A irmã de Sérgio tentou animar o ambiente, falando ao microfone que tudo havia passado e que a música voltaria a tocar e as bebidas seriam servidas novamente.

Apesar do clima tenso, a iniciativa deu resultado.

As pessoas voltaram para as mesas e algumas até ensaiaram passos de dança no salão.

Eu cheguei perto de Deby, segurei suas mãos e disse:

— Maninha, melhor você ir embora. O clima está muito carregado.

— Você tem razão. E os convidados, o que fazemos?

— Eles vão entender. Como a festa vai continuar, podem nem perceber a sua ausência.

— Vou chamar o Sérgio e vamos embora.

Uma mão tocou meu ombro. Virei-me e deparei com o rapaz que acompanhava o Ramiro. Ele estava bastante assustado.

— Vim lhe falar que o Ramiro está voltando armado. Ele bebeu muitas doses de uísque e pegou uma arma carregada. Eu tentei falar com ele, mas não quis me ouvir.

— Onde ele está agora? — perguntei.

— Deixei-o em casa bebendo, mas ele disse que viria para cá. Telefonei para o pai dele e avisei também. Chame a polícia!

Deni se aproximou e pedi que ligasse para a emergência policial.

De repente, um barulho forte de frenagem.

Um estrondo ecoou pela rua quando um carro parou abruptamente, abalroando outro que se encontrava estacionado.

Antes que conseguíssemos entender o que havia acontecido, a porta do salão foi empurrada com força e a figura de Ramiro apareceu novamente.

Desta vez, ele segurava uma pistola.

Os convidados se assustaram e começaram a correr para o fundo do salão.

CAPÍTULO XXVIII

Dois anos antes...

· ■ ■ ■ ·

Ramiro não havia se conformado com o desfecho de sua aparição na festa de noivado e, pelo relato do rapaz que o acompanhava, estava disposto a tudo.

Na mente perturbada dele, aquele evento não poderia acontecer. Ele nunca havia desistido de trazê-la de volta. Sempre alimentara a esperança de retomar o relacionamento. Nunca aceitara o divórcio e mantinha a mente em constante polvorosa.

Deby seria dele ou de mais ninguém.

Essa era a sua fixação, paranoica e tresloucada.

O que se passava no seu íntimo ninguém sabia.

Ao vê-lo parado, empunhando uma arma, com os olhos dilatados, eu fiquei momentaneamente sem reação.

O que fazer para evitar uma tragédia?

Não tinha uma arma e não sabia qual seria a reação dele diante da minha abordagem. De qualquer forma, não poderia ficar estático, esperando que ele tomasse a iniciativa de ferir alguém.

Olhei para Caco e vi que ele estava decidido a agir.

Era policial, treinado para enfrentar situações de perigo e tensão. Ele poderia estar armado e reagir, mas eu conhecia meu irmão. Ele jamais entraria na festa portando uma arma. Com certeza deixara no carro.

O que poderíamos fazer, então?

Era necessário tomar uma atitude, no sentido de neutralizar aquela ação destemperada.

Um cara armado, com a mente embaçada pelo ódio, **era a mistura perfeita para uma catástrofe.**

O que não podíamos era deixar que ele tomasse a iniciativa. Tínhamos de agir primeiro.

Caminhei em sua direção pedindo calma.

Caco vinha logo atrás, pronto para tentar desarmá-lo na primeira oportunidade. Com a minha aproximação, ele levantou a arma, exclamando:

— Fique onde está! Não dê mais nem um passo. **Estou disposto a matar alguém.**

Ele estava exasperado. Eu não podia cometer **nenhum erro.**

— Só quero falar com a Deby — completou.

Eu não acreditava naquela afirmação.

Chegar ali armado, totalmente embriagado, **era um sinal muito ruim.** Sua mente devia estar turvada de indignação, **paixão mal resolvida e mágoas.**

O mundo está cheio de exemplos de momentos insanos nos quais as pessoas não distinguem entre o sensato e o desespero. Depois de cometerem a loucura, normalmente se arrependem e dizem que não queriam ter feito aquilo. Mas aí a merda já está feita, e o resultado é a destruição de vidas e, muitas vezes, de famílias inteiras.

O que restava para mim era não deixar chegar a esse resultado.

Caco foi se movendo lentamente na direção oposta à minha, tentando chegar pelo flanco esquerdo e, com isso, **tentar neutralizá-lo.** Por uma coluna do salão descia uma cortina branca que servia de enfeite para a festa. A decoração encobria a entrada e era desse ponto que ele imaginava surpreendê-lo.

Na rua, o movimento de carros era grande e **muita gente se aglomerava para ver o que estava acontecendo.**

Do lado de dentro o alvoroço era inimaginável.

Pessoas chorando, outras tentando se esconder e a maioria sem saber que atitude tomar.

Inclusive eu.

Para não deixar Ramiro tomar a iniciativa, eu me mantive na frente dele, na tentativa de fazê-lo desistir daquela loucura e levá-lo para fora do salão. Dei mais alguns passos em sua direção e ele se afastou. Com isso, já estávamos a menos de três metros da entrada. Ele continuava falando e brandindo a arma com as mãos.

— Vou matar essa desgraçada! Ela não vai ficar com mais ninguém! — gritava ele.

Eu contemporizava:

— Calma, Ramiro. Isso não se resolve assim! Vamos conversar lá fora!

Ele não atendia aos meus pedidos.

— Não quero saber de conversa! Saia da minha frente, senão mato você! — vociferava.

Existia uma certa indecisão da parte dele.

Parecia tomado de um sentimento de ódio intenso, capaz de cometer qualquer besteira, entretanto, suas ações eram dúbias. Falava que iria fazer, mas, graças a Deus, ele não tomava a atitude definitiva, que transformaria aquilo tudo numa tragédia. Dei mais um passo na direção dele e falei com voz firme:

— Pense em sua filha, Ramiro. Leonora não pode pagar pelos seus erros! — gritei.

Minhas palavras surtiram efeito.

Seus olhos marejaram, ele abaixou a arma ao longo do corpo parecendo fraquejar.

Foi quando Caco agiu.

Ele já havia contornado a pilastra da entrada, postando-se quase por detrás dele. Sem temer qualquer reação, se jogou para cima do Ramiro, agarrando-o pela cintura e rolando sobre o assoalho. O impacto jogou-os para fora do salão, causando muita correria e gritos entre os presentes.

Eu me aproximei rapidamente, vendo os dois engalfinhados.

A rua mal iluminada não deixava distinguir quem estava por baixo ou quem estava por cima.

Procurei a pistola e não encontrei.

Um estampido ecoou na noite escura.

Todos ficaram paralisados.

Os dois corpos ainda estendidos não deixavam antever o que acontecera.

Um carro vinha passando e o farol iluminou a cena. Caco rolava por cima do corpo segurando a perna esquerda, da qual uma mancha de sangue ensopava a calça. Enquanto ele se arrastava para o lado da calçada, Ramiro levantou-se com a pistola na mão e voltou a caminhar na direção da porta. Estava tão obcecado que nem olhou para o que havia acontecido com Caco.

— Ninguém vai me impedir, vou matar todo mundo aqui!

⇌

Se ele já havia baleado meu irmão e ameaçava matar outras pessoas, especialmente Deby, eu não podia admitir.

Ramiro estava a menos de três passos de mim.

Ele brandia a arma na altura da cabeça, como se quisesse mostrar para as pessoas que permanecia armado e decidido a tudo. Não pensei duas vezes. Joguei-me sobre ele agarrando seus braços, o que me fez ter o controle da situação.

Antes de tocar seu corpo com meu ataque, eu já neutralizava o punho que segurava a arma. Por um momento ficamos de pé medindo forças. Ramiro praticava levantamento de pesos e tinha muita potência, mas eu ganhava na flexibilidade, era bem mais leve e ágil.

Fui levando-o ao encontro da parede enquanto tentava forçar para que ele soltasse a arma.

A aglomeração de pessoas só aumentava, sem perceber o perigo de estar perto de uma cena de violência, principalmente quando existia uma arma carregada nas mãos de alguém descontrolado.

Enquanto tentava dominar a situação, vários pensamentos passaram pela minha cabeça.

O que faz as pessoas chegarem no limite de querer tirar a vida dos outros?

Não basta ter causado sofrimento, decepção e desesperança? Por que não seguir seu caminho e encontrar outros desafios em vez de ficar massageando ilusões passadas?

Um carro parou abruptamente na rua e um homem desceu aos gritos.

— Parem com isso! Vocês estão loucos!

Era o pai de Ramiro.

— Não se aproxime que ele está armado — disse um transeunte.

Outros carros foram parando e a avenida já estava quase interrompida.

Agarrado ao agressor, eu não podia me desconcentrar. Nem por isso deixei de ouvir várias sirenes se aproximando. Deni havia chamado a polícia.

Lembrei-me de quando era jovem e ficávamos a identificar qual sirene tocava e para que tipo de evento elas se dirigiam: um acidente de trânsito, uma morte, um paciente para o hospital, o comboio das autoridades. Era engraçado, mas quase sempre acertávamos o prognóstico.

Naquele momento, elas estavam cada vez mais próximas.

Ramiro forçou a arma para baixo, levando meu braço a ceder e chegar até a linha da cintura. Tinha mais força que eu, sem dúvida nenhuma. Se eu não tomasse uma providência urgente, aquela arma seria disparada e me acertaria.

Firmei as pernas, tentando não cair, e apertei seu corpo contra o muro.

Ele continuava forçando para baixo e meu braço ia cedendo aos poucos. Meu dedo pressionava a parte interna do gatilho e isso impedia o disparo.

Eu só tinha uma coisa a fazer: usar minha flexibilidade para inverter o sentido da carga que ele estava forçando sobre mim e, com isso, ficar numa posição menos vulnerável.

Com tanto esforço e tamanha tensão, eu já não ouvia nada ao meu redor. Nem sirene, nem vozes.

Fechei os olhos e juntei toda a energia que acreditava possuir.

Passei uma perna por entre as pernas dele e joguei o corpo para o lado. Ele balançou como uma árvore tocada pelo vento. Foi para lá e para cá enquanto eu fazia força para derrubá-lo. Só assim imaginava tirar o cano da arma de minha direção. Num último impulso, consegui que ele saísse do prumo e caímos ao chão.

Ficamos estendidos lado a lado, chutando as pernas e tentando nos sobrepor um ao outro.

A mão dele segurava a arma que eu tentava afastar de nós dois. Eu já estava no limite das minhas forças, mas não podia desistir. Não era por essa ou aquela razão, mas pelo instinto de sobrevivência.

Como ele era mais forte, suas condições ainda eram melhores que as minhas. Ao fazer um movimento com o corpo tentando jogar-se para cima de mim, ele torceu o braço para dentro, minha mão escorregou do gatilho e a arma disparou.

Um estampido seco ecoou pela noite, sobrepondo-se ao barulho dos carros e ao burburinho das pessoas.

Todos se calaram instantaneamente.

Senti que Ramiro afrouxava a pressão exercida sobre mim. Aos poucos foi resvalando para o lado e ficou estendido na calçada.

Me arrastei para o outro lado, tentando me afastar dele.

Encostei-me na parede e vi que um filete de sangue ensopava sua camisa, saindo de um orifício em cima do peito. Seus olhos encaravam o vazio.

Vi as luzes dos carros piscando, as sirenes tocando insistentemente, as pessoas gritando.

Não consegui me levantar. Estava exausto física e emocionalmente. Queria que a terra se abrisse e me engolisse para sempre.

Por que as tragédias sempre me acompanhavam? Estávamos felizes, comemorando uma nova etapa na minha vida e de minha irmã. Nada indicava que passaríamos por essa provação. De repente, tudo mudava outra vez.

Continuei sentado, encarando o corpo.

As pessoas se aproximaram.

O pai de Ramiro gritava:

— Assassino! Assassino! Assassino! Você vai pagar por isso, pode esperar!

Ele tentava se aproximar de mim, mas alguém que não consegui identificar o segurava. Acho que, se não o contivessem, ele me mataria ali mesmo.

Seus olhos expeliam ódio. Pareciam faíscas de brasas que me queimavam impiedosamente.

Conseguindo se soltar dos braços de quem o prendia, correu em minha direção. Me encolhi esperando golpes, não teria forças para revidar.

Mas os golpes não vieram.

Ele foi até o corpo do filho, o abraçou e chorou copiosamente.

Não pude deixar de prender um soluço na garganta. Nunca quis matar ninguém e aquele episódio havia sido um triste acidente. Mesmo assim, podia sentir o tamanho da dor que ele experimentava.

Os enfermeiros me colocaram na maca e levaram-me para a ambulância. Os policiais acompanhavam tudo de perto.

Deby se aproximou chorando e gritando:

— Jô! Jô! Oh, meu Deus, como isso foi acontecer?

Fecharam as portas da ambulância e partiram em disparada, com a sirene ligada, seguidos pelo carro da polícia.

Meus sentidos começaram a ficar confusos. Não conseguia sequenciar os acontecimentos. O barulho foi sumindo, a enfermeira se tornou um vulto branco e difuso, até que não vi mais nada.

Adormeci sob efeito do sedativo que havia tomado.

Acordei na emergência do hospital e lembrava-me vagamente de tudo que acontecera. Uma longa noite, que não sabia quando terminaria. Não queria pensar, por isso adormeci novamente e fui acometido de pesadelos.

CAPÍTULO XXIX

Entre o passado e o presente...

· ■ ■ ■ ·

Os fios de cabelos brancos começaram a aparecer. Mais acentuados no início das costeletas e no queixo, eles já invadiam a cabeleireira castanha-escura, demonstrando que o tempo cobrava seu preço de alguma forma. Passei a deixar a barba por fazer, pois ficava com a pele irritada toda vez que usava o aparelho. Eu não tinha muita preocupação com a aparência, diferentemente da juventude, quando passava horas em frente ao espelho.

Mas isso era só uma característica. Não tinha muita importância. O que importava mesmo eram os rastros deixados pelo tempo na minha alma.

A vida me deixou muitos vestígios. O tempo na penitenciária os acentuou.

A convivência conturbada, a vida se equilibrando no fio da navalha, as condições insalubres e principalmente a falta de esperança marcaram para sempre o meu espírito. Quando você se encontra encarcerado, alguma coisa muito forte embaça sua mente, como uma poça de lama no para-brisa de um carro. Você quer enxergar além dos muros, projetar uma vida pós-prisão, mas não consegue.

Seu horizonte é limitado pela necessidade de sobreviver.

Sonhos e planos ficam para depois.

Com determinação, fui assimilando essa realidade. Lentamente, como tudo que se passa numa prisão, progredi dia após dia.

Respeitar os direitos dos colegas e delimitar meus próprios limites era uma regra de ouro. Não podia ser diferente!

Expulsei da minha mente aquele sentimento de injustiça, aceitando que essa era uma condição a que estava submetido e deveria me conformar. A tentação para enveredar por caminhos tortos não deixou de aparecer.

Propostas de apadrinhamento, facilidades de toda ordem foram-me apresentadas, entretanto, há muito tempo, eu havia tomado a decisão de não ceder mais.

Não fui preso por transgredir a lei em contravenções, mas por um infortúnio inesperado.

Antes da prisão, eu vivia uma fase da vida carregada de maturidade, na qual se valoriza pequenas conquistas da mesma forma que as grandes vitórias. Tudo conspirando para dar certo. No trabalho, na família, na interação com amigos e colegas. Havia entendido que o casamento era uma conquista diária, e passei a enxergar melhor nosso relacionamento.

Mas, de repente, tudo se perdeu por um ato tresloucado de uma pessoa em desespero.

Por que Ramiro tinha de aparecer naquela festa? Armado e disposto a cometer uma loucura contra minha irmã.

Por muito pouco, Caco não perdera a vida. Os bombeiros fizeram o primeiro atendimento e na sequência levaram-no para o pronto-socorro. Os médicos disseram que por milímetros a bala não dilacerara a aorta femoral.

Fiquei orgulhoso da coragem do meu irmão.

Pensava muito nele, enfrentando situações de perigo no seu dia a dia. Mas foi o caminho que ele escolheu, então colocava tudo nas mãos de Deus.

Em momentos de solidão, que eram quase sempre na prisão, eu me lembrava de detalhes importantes da minha vida. Se fosse em outras circunstâncias, até poderia fazer amizades com algumas pessoas. Aqueles guardas carrancudos que encaravam os presos com olhar duro me tratavam com simpatia. Até o diretor

Benício, que parecia se importar de verdade comigo, ocupava minhas lembranças.

Na primeira vez que fui chamado à sala dele, fiquei bastante apreensivo.

O guarda chegou na minha cela e disse que o diretor queria falar comigo. Eu estranhei aquilo, mas não podia fazer nada a não ser obedecer. Os parceiros de cela ficaram ouriçados e não se aquietaram até que eu voltasse para saber qual era o babado que estava rolando. Causou mais estranheza o fato de que demorei mais de duas horas para retornar.

Assim que entrei na cela, eles me encheram de perguntas, com a curiosidade aguçada ao extremo. Eu disse que o homem queria falar comigo e não acontecera nada demais. É claro que eles não acreditaram, mas, como eu me tranquei em silêncio, deixaram-me quieto.

Na verdade, não havia acontecido nada demais.

Dr. Benício abriu a porta assim que o guarda avisou da minha chegada. Indicou o canto da sala onde tinha uma mesa redonda e duas cadeiras. Do outro lado, mais um guarda observava meus movimentos. Caminhei até lá e meus olhos se arregalaram: um tabuleiro de xadrez novinho em folha, ornado com peças pretas e brancas jazia imponente sobre a mesa. Naquele instante, até esqueci onde eu me encontrava. Fiquei anestesiado com a visão do tabuleiro, até que o diretor me acordou.

— Vamos jogar uma partida, rapaz. Quero ver se você é bom mesmo — disse ele, todo animado.

Iniciamos a partida e nos primeiros movimentos percebi que o Dr. Benício sabia jogar, porém sua habilidade era mediana. Poderia vencê-lo fácil, se quisesse, mas optei por não fazer isso. Criei algumas dificuldades no jogo, entretanto, deixei que ganhasse todas as partidas.

Ele ficou muito satisfeito e me convidou para jogar outras vezes.

Na segunda vez que fui chamado, eu contei para os colegas de cela o que eu fazia na sala do diretor. Eles ficaram com inveja, mas logo entenderam que poderiam tirar proveito da minha proximidade com o chefe e passaram a incentivar o contato.

Na verdade, não havia privilégios, senão pelo suco e o pão de queijo especial que eles serviam. No fim, ainda levava alguns comigo e dividia com os colegas. Também não deixava de ser benéfico um maior respeito que os guardas passaram a me conceder.

Afinal, para eles eu era um protegido do diretor.

Muitas vezes durante as partidas, Dr. Benício queria saber como eu me sentia na prisão, o que ia fazer quando saísse, essas coisas. Não sei se ele fazia isso com todos, acho que não, pois eram centenas de detentos. Mas isso fez com que me sentisse bem.

Eu sentia inveja do diretor.

Apesar da aridez de sua função, ele tentava transmitir esperança para os presos. Quem sabe tivesse alguma culpa para expiar, um remorso escondido nas sombras de sua mente, ou talvez sentisse pena do que passávamos no presídio.

Não sei.

Queria ter sido um homem importante como o Dr. Benício, mas a sorte não me ajudou. Ou, quem sabe, não tive a coragem necessária para lutar contra as adversidades.

Logo a notícia das minhas visitas se espalhou, e as teorias conspiratórias também. Passei a ser considerado um protegido do diretor da prisão, o que por um lado era bom, mas por outro causava invejas insondáveis.

Ele me presenteou com um tabuleiro de xadrez, que eu dividia com os detentos nos horários de recreação, o que acabou relevando as desconfianças e as coisas passaram a correr de forma amistosa.

Ao completar o primeiro ano de encarceramento, as visitas da Laila ficaram mais esporádicas. A cada mês, ela se afastava mais. Antes ela vinha todo fim de semana em companhia de Deby e passavam quase duas horas comigo. Com o passar do tempo, arranjava desculpas para não aparecer.

— Não posso deixar Akira sozinho — dizia.

Chegou a ficar dois meses sem me visitar. Deby me confidenciou que ela estava muito fechada, fugindo das pessoas e mantendo-se mais isolada. Quando ela perguntou o que se passava, as respostas foram evasivas e sem nexo.

— Nada que se preocupar, apenas não estou muito disposta — dizia, sem mais delongas.

Numa dessas visitas, quase não conversamos. Tive a impressão de que ela não se sentia à vontade comigo. Perguntei o que se passava e ela se esquivou.

— Não é nada. Esse ambiente não me faz bem. Só isso.

Eu percebi que havia alguma coisa errada, mas não podia prever o que era.

Tive medo de aprofundar o assunto, pois na minha mente um turbilhão de possibilidades se revezavam. Todas elas levando para caminhos pelos quais eu não queria passar. Perder minha família naquele momento era tudo que eu não queria. E, se fosse isso, o que eu poderia fazer? Para além de minhas vontades, o destino traçava suas próprias linhas, e talvez eu não tivesse sido laureado nelas.

Procurei afastar os fantasmas da minha mente, tentando acalmar meu coração. Meus pensamentos buscavam conforto em minhas lembranças, e pousavam nos momentos de folguedo que passei com Akira.

Meu filho. Que saudade!

Tinha vontade de abraçá-lo, passear com ele e contar as histórias que sabia apenas a metade.

Que nostalgia pensar em nossa família: minha avó, minha mãe e meus irmãos. Como éramos felizes.

Na minha solidão, imaginei ser possível retroceder no tempo e fazer tudo diferente. Mas quem poderia afirmar que o resultado seria outro?

Foram as escolhas possíveis naquele momento.

Lembrei-me da visita que Raimundo me fez. Seu olhar perdido num mar de tristeza e melancolia. Chorou quando falou do cachorro da minha mãe.

— Queria ao menos vê-lo. Marisa gostava tanto dele. Ficar um tempo com Luck pode me fazer bem — desabafou.

Minha irmã havia levado o animalzinho depois da morte da minha mãe. Numa das visitas, pedi que Deby o deixasse com Raimundo. Ele ficou muito feliz. Foi a última vez que o vi. Estava debilitado e morreu alguns meses depois. O vira-latas também não resistiu muito. Voltou a morar com Deby e também faleceu.

Deve ter ficado muito triste com a partida dos tutores e resolveu encontrá-los.

Alguns personagens da minha história desapareceram, passaram a viver apenas nos recôncavos do meu coração. Minhas lembranças eram guardadas com carinho, serviam para amenizar minha tristeza e solidão naquelas paredes frias e impessoais do presídio. De alguma forma, me ajudavam a suportar o longo martírio que estava vivendo.

A ausência de minha esposa passou a ser uma doença crônica e dolorosa.

Por maior que fosse o meu sofrimento, ela tinha razão em tentar me esquecer e buscar uma nova vida. Eu deveria me conformar, mesmo sabendo que não havia remédio que me fizesse esquecer.

Evitava perguntar por ela, e Deby também não tocava no assunto.

Se Laila não queria contato comigo, se não vinha me visitar, não havia motivo para ser assunto no pouco tempo que dispúnhamos. No fundo da minha alma, eu queria saber o que se passava, mas era melhor deixar o tempo passar e tentar me acostumar com a realidade.

Minha irmã nunca deixou de me visitar, batendo ponto todos os finais de semana. Trazia petiscos e guloseimas para amenizar minha estadia naquele local. Ela sabia que eu adorava pé de moleque, então fazia questão de recuperar as receitas da minha avó e fazer os doces para me agradar.

Nunca eram tão saborosos como aqueles, mas eu jamais contaria isso para ela. Ficava grato pela lembrança e pelo cuidado que tinha comigo.

A prisão foi uma experiência dolorosa e ao mesmo tempo indescritível.

Por mais que eu quisesse definir, era impossível encontrar um termo que pudesse traduzir a vida de um encarcerado.

O tempo não passa.

A solidão não vai embora.

A saudade maltrata.

A esperança, o sentimento que move qualquer pessoa, resume-se em estar vivo no dia seguinte.

Você não consegue fazer planos.

Como sonhar com alguém que você não pode encontrar?

Como tecer uma meta, um objetivo, se você não sabe se poderá lutar para atingi-los? É uma incógnita se estará vivo ou morto na manhã seguinte.

Eu conhecia vários detentos que se diziam conformados com o estado das coisas. Para eles, tudo estava bem, pois assumiram o risco de acabar daquele jeito; mas, para mim, não. Eu sabia que meu destino era outro.

Eu tinha potencial para conquistar a parte que me cabia nesse mundo cruel, e não iria desistir.

CAPÍTULO XXX

No tempo presente...

Alguns meses antes da minha saída, eu recebi a visita de Deni. Deby havia acabado de sair quando ele chegou, acompanhado do namorado.

— Esse é o Marcelo — me apresentou.

— Pode me chamar de Marcelinho — disse ele, sorrindo.

Eu gostei da áurea do rapaz.

Seus olhos transmitiam muita luz e o sorriso era transparente. Típico daquelas pessoas sinceras dotadas de espírito elevado.

Falamos sobre muitas coisas e algumas vezes nossos olhos ficaram marejados. Notei que Marcelo ficava com as pupilas dilatadas, demonstrando a enorme emoção que sentia ao ouvir nossas histórias.

Deni contou-me que dentro de seis meses seria a sua formatura no curso de Arquitetura e Urbanismo. Estava muito feliz. Havia começado um estágio em um grande escritório de arquitetura no Plano Piloto. Os colegas se admiravam com a qualidade técnica de seus trabalhos, deixando-o orgulhoso e comprometido. Havia até a possibilidade de se efetivar como arquiteto júnior ao fim do curso.

Ver meu irmão conseguir se destacar pelos seus próprios méritos era uma alegria muito grande.

Com a ausência do nosso pai, me sentia na obrigação de proteger meus irmãos.

Lembro-me de uma vez na qual Deni chegou em casa com o dente quebrado e não quis contar o que havia acontecido. Deixei passar o tempo e quando pedi que me relatasse o ocorrido, me contou que um garoto havia feito aquela selvageria. Sem que ele soubesse, eu peguei o moleque de jeito e deixei-o com a mesma marca no lábio superior. Deni o viu machucado e me contou. Fiz de conta que não sabia de nada. Não me orgulho disso, mas foi instinto de proteção.

Olhando para ele, e ouvindo com atenção a sua empolgação, contando-me as suas conquistas, me convenci de que ele não dependia mais de mim. Poderia se virar sozinho.

E ainda me ensinava muito.

Deni gostava de argumentar sobre as causas abraçadas por outras pessoas. Muitas delas vencidas ou reconhecidas através da coragem de indivíduos destemidos.

Assim foi com a abolição da escravatura, que teve seus grandes propulsores como Luís Gama, André Rebouças e José do Patrocínio, entre muitos outros. Ele gostava de citar o caso de Luís Gama, um negro que se tornou advogado. Durante uma revolta dos escravizados, quando ele tinha apenas 10 anos, os pais o deixaram aos cuidados de um amigo, que o vendeu na condição de escravo.

— Ele embarcou livre em Salvador e desembarcou como escravizado no Rio de Janeiro — conta a socióloga Angela Alonso, no livro *Flores, votos e balas*, sobre o movimento abolicionista[1]. Em São Paulo, após trabalhar como escravo doméstico, Luís Gama aprendeu a ler e escrever aos 17 anos, com a ajuda de um estudante de Direito. Peticionou requisitando sua liberdade ao seu proprietário, alegando que nascera livre, livre era. Conseguiu ser livre, formou-se advogado e foi uma das maiores figuras pela luta da liberdade dos negros.

Outra história interessante que Deni citava era a conquista do voto feminino no Brasil, capitaneada pelo movimento da sufragista

---

1 ALONSO, Ângela. *Flores, votos e balas*. 2015. Cia das Letras. Rio de Janeiro/RJ.

Bertha Lutz, que fundou a Federação pelo Progresso Feminino na década de 1922 e pela ação da potiguar Celina Guimarães Viana, primeira mulher a invocar o artigo 17 da lei eleitoral do Rio Grande do Norte, de 1926, que dizia: "poderão votar e ser votados, sem distinção de sexo, todos os cidadãos que reunirem as condições exigidas por lei".

Deni ainda defendia a sua própria causa.

A prática da discriminação contra grupos minoritários se revestia de crueldade e falta de pudor, chegando ao requinte de haver pessoas que agrediam os homossexuais sem nenhuma razão que justificasse o ato.

A rejeição encontrou abrigo em correntes de pensamento das igrejas em geral, como também na filosofia misógina de extremistas, que se posicionavam em defesa da família, imaginando em suas *vãs filosofias*, que um homossexual não fazia parte de uma família ou de um arranjo social existente.

Ele se orgulhava de a Constituição federal estabelecer como regra imutável o crime de racismo, preconceito e discriminação de toda espécie. Entretanto, incontáveis vezes nos deparávamos com notícias de atitudes homofóbicas, agressões contra mulheres, negros impedidos de frequentar certos lugares, preteridos em vagas de emprego ou agredidos moral e fisicamente apenas por sua condição.

Era uma luta constante, a qual ele acreditava vencer um dia.

Convenci-me de que ele estava certo. Me enchia ainda mais de orgulho vê-lo como um instrumento de mudança.

Quando eles foram embora, lembrei-me de que, em algum momento da minha juventude, havia frequentado a associação dos moradores e participara de passeatas e reinvindicações, buscando melhorias para os habitantes da comunidade. Por falta de motivação, ou quem sabe pelo fato de não haver pautas específicas, ou talvez uma liderança estabelecida, eu deixara de participar.

Entretanto, naquela ocasião, havia me convencido de que trabalhar por uma causa social, juntar pessoas em torno de um objetivo comum, fazia sentido para conseguir melhorar as precárias condições de vida dos menos favorecidos.

Na semana seguinte, Deby me contou que Marcelinho estava hospitalizado com duas costelas quebradas e que Deni havia perdido outro dente.

Eles haviam sido atacados durante uma passeata pelos direitos das minorias na região central de Brasília. Um movimento que sofreu infiltração de agitadores e, quando o tumulto se estabeleceu, a polícia foi chamada e acabou em pancadaria. Mesmo assim, ela me disse que eles não desistiriam de lutar.

Pensavam em adotar uma criança assim que fosse possível. E eu não via a hora de mimá-la, como todo bom tio.

CAPÍTULO XXXI

No tempo presente...

Cada vez que o Sol se escondia no horizonte, eu pensava que estava mais perto da minha liberdade. Ao mesmo tempo, eu sentia o quão longe eu me encontrava daquele propósito.

Será que um dia eu seria realmente livre? Meus sonhos, sentimentos, não ficariam aprisionados dentro daquelas paredes sombrias? A convivência com um espectro social abandonado e renegado não afetaria minha vida daqui para frente? Como eu poderia deslembrar tantas barbaridades, tanto desprezo e tanta covardia para com essas pessoas esquecidas e, de certa forma, propositadamente jogadas na miséria emocional em que viviam?

O que no início havia sido uma meta agora era uma perspectiva real que se apresentava. Eu sairia daquele antro, porém, meu entusiasmo era menor do que seria de se esperar. Antes, eu sonhava em reencontrar minha família, abraçar minha esposa e meu filho e dormir na paz de um lar repleto de amor e carinho. E, quando o momento chegou, eu não sabia o que fazer.

Lembrei-me do ancião e das conversas que tivemos por longos períodos.

— Todo ser humano é prisioneiro de suas convicções. A liberdade é um estado de espírito. Você será livre no dia em que entender que suas vontades saem de seu coração e não de sua mente — ele dizia.

Meu coração apertava, angustiado por tantas dúvidas: onde vou morar quando sair daqui? Meu filho vai me receber com carinho ou serei um estranho que ele vai conhecer? Como será meu contato com Laila, já que não nos falamos há tanto tempo, ou não teremos contato nenhum?

Como não encontrava respostas, o silêncio era ainda mais cruel, pois martelava a mente e o coração.

Quando falávamos sobre dores de amor, os colegas diziam que o coração não dói, mas aprendi que ele abunda de dor, dependendo do tamanho da solidão e da saudade que aperta seu peito. Para não desistir, o que resta é suspirar fundo e seguir em frente.

Recordei-me do dia que recebi uma carta de Laila. Eu já havia completado um ano e seis meses de prisão e não a via há mais de dois meses. A missiva não foi surpresa para mim, pois durante os últimos meses nem notícia dela eu tive.

Passei dois dias segurando aquele envelope nas mãos sem coragem de abrir.

— Não haverá nada de bom escrito nessas páginas — dizia para mim mesmo.

Era uma despedida, um rompimento, um adeus, eu não tinha dúvidas.

Seja lá o que fosse, eu tinha certeza de que tudo havia terminado. Só não sabia quais as palavras usadas para finalizar nossa relação. Finalmente, criei ânimo, rasguei o envelope e devorei cada frase postada naquelas linhas.

Era uma carta não muito longa, na qual ela dizia que havia me amado com toda a paixão, que se dedicara com todas as forças para manter nossa chama acesa, mas que o destino havia conspirado para enfraquecer nossos laços. A distância, a solidão e o cansaço minaram suas últimas fortalezas.

Dizia ainda que não poderia me esperar por não acreditar na capacidade de renovação de nossos votos. O amor ainda existia, mas não seria suficiente para reacender a chama dos nossos corações. Era um outro tipo de amor, que deveria primar pela consideração e pelo respeito, pelo tempo que convivemos e compartilhamos nossas vidas. Disse ainda que mantinha Akira ligado a mim, mas que o orientava a fortalecer suas próprias emoções.

Essa parte confesso que não entendi direito, mas não valorizei tanto.

Finalmente, confessou que estava começando a se interessar por um colega de trabalho e não queria ser infiel. Por isso gostaria de formalizar nossa separação e tomar providências para o divórcio. Informou ainda que um advogado me procuraria, dando a entender que não se interessava em ter novos contatos comigo.

Foi um baque!

Terminei de ler a carta e não acreditei, mesmo tendo certeza de que encontraria esse desfecho escrito naquelas linhas. Confesso que tinha esperança de que as palavras não fossem tão reais. Que houvesse algumas linhas que me deixassem um fio de esperança para retomar nossa vida.

Reli algumas vezes, com a expectativa de que as palavras fossem diferentes.

Na décima vez, não tive mais dúvidas.

Ela estava indo embora e se relacionaria com outra pessoa. Lembrei-me, então, que nunca tínhamos feito amor durante a minha estada na prisão. Ela não quisera ter contato íntimo naquele ambiente e eu não insisti. Acreditei que teríamos todo o tempo do mundo para recuperar nossa intimidade, para retomar nossos sonhos e superar aquela fase triste e sofrida de nossa vida.

Mas compreendi que não seria bem assim.

Em minhas lembranças, recordei da minha avó dizer:

— Nada é eterno, e tudo nesta vida acaba um dia. O importante é recomeçar!

Coloquei o envelope debaixo do travesseiro, recostei a cabeça e fechei os olhos.

Em *flashback*, imagens povoaram as minhas lembranças, trazendo recordações da minha vida, dos momentos bons e tristes. Voltei ao tempo de namoro, dos sonhos e das perspectivas. Das confidências e das cumplicidades mútuas. Também visitei o período de afastamento e da perda de intimidade. Do vazio no relacionamento, que acomete os casais que perderam a motivação para ficarem juntos. Viajei pelos caminhos percorridos e pousei na realidade em que me encontrava.

Perdendo minha esposa, deixando meu filho sozinho, sem saber onde me ancorar.

Abri os olhos, suspirei fundo e decidi que mais uma vez eu não arriaria.

Estava vivo e deveria enfrentar meu destino, chegar aonde ele havia sido traçado, e que, infelizmente, seria diferente do que eu havia sonhado. Lutaria com todas as minhas forças para ser um orgulho para o meu filho. Eu havia cometido muitos erros, mas nenhum do qual pudesse me envergonhar.

Nunca fora um malfeitor no sentido exato da palavra.

Os desmandos que eu tinha cometido foram deslizes de uma fase imatura, levados por circunstâncias e conveniências que me envolveram e eu não tive forças para reagir.

Fui fraco, não restavam dúvidas, mas na primeira oportunidade que tive para me redimir eu me fiz forte. E, quando foi preciso, eu cumpri minha pena, como no caso do reformatório de menores. Tive outras oportunidades de cometer ilícitos e nem por um milímetro eu me permiti aceitar.

A pena que estava terminando de cumprir tivera outro motivo. Uma situação incontrolável, que redundou em um trágico acidente.

Talvez, se eu tivesse uma condição social ou financeira melhor, ou se não tivesse tanto ódio e tanta mágoa envolvidos, poderia ter sido considerado inocente. Todas as pessoas que estavam no local viram que eu não provoquei o fato.

Não estava armado e tentei apenas proteger pessoas inocentes da ação tresloucada de um sujeito em total desequilíbrio.

Mas isso já fazia parte do passado. Eu fui condenado, cumpri minha pena e, apesar de todo o sofrimento e a humilhação que passei, sobrevivi.

Estava pronto para recomeçar.

As lembranças passadas serviriam de adubo para florescer um horizonte mais promissor. Os erros que cometi com minha esposa não seriam repetidos. Os conselhos de minha avó, os ensinamentos da minha mãe, o carinho dos meus irmãos passariam a determinar minhas atitudes.

Não me curvaria às dificuldades, caminharia firme, com a cabeça erguida em busca do meu destino.

EPÍLOGO

A chuva começou por volta das 18h.
Estávamos na metade do mês de setembro e o calor na prisão era insuportável. Nenhuma gota sequer de água havia caído naquelas terras secas do cerrado nos últimos quatro meses. As primeiras chuvas, quando chegavam, eram precedidas de grandes trovoadas, tempestades e raios.

E aquela não parecia ser diferente.

Em alguns momentos, dava a impressão de que o céu rasgaria ao meio e tudo desabaria como um castelo de areia.

Deitado na cama, com as mãos cruzadas na nuca, eu fitava o teto, recordando da minha infância. Nas noites de tempestade, a família reunida em volta da mesa e minha avó cantando os cânticos para amansar os ventos e os trovões. Nunca soube se essas orações faziam efeito. Na verdade, acreditávamos no poder da fé para nos proteger destas intempéries.

Os trovões foram se distanciando, como a buscar outros lugares para esbravejar sua fúria, a chuva se tornou constante e mais forte. O barulho intermitente da água batendo no telhado me fez pensar na minha vida.

Eu havia lutado incansavelmente desde adolescência em busca dos meus objetivos, mesmo sem uma clareza de quais seriam eles.

Terminava de cumprir minha pena e constatava que, apesar de ser ainda jovem na idade — eu estava com 31 anos —, me sentia velho, alquebrado e cansado.

Haveria de pagar pelo resto da minha vida pelo ato praticado involuntariamente.

Perder dois anos confinado naquele calabouço nunca seria esquecido. E ainda deveria cumprir algum tempo no semiaberto.

Fracassar em manter minha família, ficar ausente do meu filho, que passaria a ser criado por um padrasto, eram desafios a superar.

Teria de enfrentar a discriminação da sociedade para com um ex-presidiário, carregando essa mancha para sempre.

Ao sair da prisão, o meu primeiro ato seria procurar meu filho para dizer-lhe o quanto eu o amava. Tinha dúvidas de como fazer isso, mas nada me impediria de fazê-lo.

Pelo que Deby me dizia, ele compreendia o que havia acontecido naquela fatídica noite e o motivo da minha prisão. Isso já era um alívio. Ele sabia que houvera uma motivação razoável para minha ausência.

O dia amanheceu.

Levantei-me, peguei minhas coisas na cela, passei na identificação, assinei os papéis e corri os olhos por aquele local pela última vez.

— Nunca mais volto aqui, isso eu posso garantir — disse para mim mesmo.

A chuva havia parado um pouco antes e uma brisa fresca soprava naquela manhã de domingo. O Sol esplandecia, provando que após as tempestades tudo pode voltar a brilhar novamente.

A voz da minha avó reverberava em minhas lembranças, fazendo-me acreditar que poderia fazer tudo de novo e de forma diferente.

Seja um instrumento de mudança. Tudo depende de acreditar que é possível. Não tenha medo de recomeçar. A vida é um presente de Deus!

E eu estava vivo!

A prisão havia dobrado minhas resistências, mas não tirara minhas esperanças.

O guarda me entregou uma sacola com meus pertences, bateu em minhas costas e desejou boa sorte.

— Vá com Deus, Josias. E se cuida para não voltar mais aqui — disse ele.

— Pode crer, mano. Não voltarei jamais — respondi, sem muito entusiasmo, porém convicto do que afirmava.

Estava anestesiado vendo aquele portão se abrir depois de tanto tempo.

Caminhei em direção à saída e quando cruzei o patamar uma voz estridente e conhecida gritou:

— Bem-vindo de volta, Jô! Te amamos muito, meu irmão.

Era Deby com um sorriso largo e acolhedor.

Abracei-a calorosamente, extravasando meus sentimentos.

Que saudade da minha irmã querida! Quantas vezes quis abraçá-la, sentir suas mãos batendo devagarinho em minhas costas, como ela fazia sempre.

Caco em seu uniforme reluzente bateu em meu ombro, puxando-me com força para dar-me um abraço de boas-vindas.

Deni beijou-me na face com estardalhaço e pulou como uma criança que ganha um brinquedo.

— Que bom te ver livre, mano! Seja bem-vindo! — gritou ele.

Pensei que nem tudo estava perdido. Minha família estava ali. Segui para o carro e quando a porta se abriu eu parei estupefato.

Um rapaz alto para idade desceu, deu três passos em minha direção e me abraçou com força.

— Bem-vindo de volta, pai — disse-me ele, com os olhos marejados.

Abracei-o com força, acho que até com exagero. As lágrimas jorraram dos meus olhos e escorreram pela face.

Eu respirava com dificuldade e um soluço tomou conta da minha voz, impedindo-me de falar qualquer coisa.

Akira com seus 10 anos já era quase um homem.

Naquele momento, reacendi meu propósito de que nada me faria desistir de conquistar aquilo que fosse possível e provar que ele poderia se orgulhar de seu pai.

Entramos no carro e seguimos para a cidade.

Segurando a mão do meu filho, senti um calor profundo em meu coração, sabendo que o amor, quando verdadeiro, é capaz de superar todos os obstáculos e vencer todas as batalhas.

Compartilhando propósitos e conectando pessoas

Visite nosso site e fique por dentro dos nossos lançamentos:
www.gruponovoseculo.com.br

- facebook/novoseculoeditora
- @novoseculoeditora
- @NovoSeculo
- novo século editora

gruponovoseculo.com.br

Edição: 1ª
Fonte: Bely